官商鬥法
第二輯
之14
逆向挽狂瀾
炮
相

目錄
CONTENTS

第一章◆抗議事件……5
第二章◆逆向操作……27
第三章◆一時情迷……55
第四章◆解鈴還須繫鈴人……81
第五章◆交通事故……101
第六章◆制衡力量……127
第七章◆借勢使力……155
第八章◆假面夫妻……177
第九章◆棒打老虎雞吃蟲……201
第十章◆投誠意願……223

第一章

抗議事件

丁益苦著臉說：「找了，怎麼沒找啊。
可是他們也沒辦法啊，他們擔心如果強行把樹搬遷的話，
會激起民怨，那時萬一釀成群眾事件，他們就無法承受了。
傅哥，你一向很有主意，幫我們想想辦法吧。」

再睜開眼睛的時候，天光已經大亮，看看時間快九點了，這個時間去上班有點晚了，傅華便打電話給羅雨，說他直接去雄獅集團商量去海川的事，就不過去駐京辦了。

打完電話，傅華爬起來洗了個澡，然後整裝出發去雄獅集團。

謝紫閔看到傅華，詫異地說：「看你的精神不錯啊，神采飛揚的，昨晚是不是有什麼豔遇啊？」

傅華笑說：「豔遇是有，遇到了一個新新人類，還教訓我了一通。」

謝紫閔好奇地問：「什麼人啊，居然能教訓到你？」

傅華說：「我也不清楚她是什麼人，也沒留她的電話。」

謝紫閔上下打量了一下傅華，別有意味的說：「傅華，你總算是放開了，開始玩一夜情了是吧？」

傅華搖搖頭說：「我還沒開放到那種程度，只是跟一個女孩聊了一夜的天，如此而已。」

謝紫閔笑說：「一定是個美女吧，說說她都教訓你什麼了？」

傅華說：「也沒什麼，就是說我想得太多，活得很不自在。」

謝紫閔聽了說：「這倒是一語中的。你真的要學著放鬆一下，別去想太多，想太多了活著累。」

傅華說：「我知道了，我已經在學著放鬆了。好啦，不談我了，我來是想跟你落實一下什麼時間去海川啊，市領導可是催了我好幾次了。」

謝紫閔笑說：「這你還需要問我啊？你來安排就是了。」

傅華正色說：「不要開玩笑了，現在事情的主導權在你手裏，我不過是一個從旁配合的角色。」

謝紫閔說：「我怎麼沒這麼覺得啊？我倒是覺得事情都是由你在掌控的。」

傅華說：「別逗了，趕緊告訴我你什麼時間可以出發吧。」

謝紫閔說：「隨時都可以啊。」

傅華便說：「那就後天吧，給我一天時間通知市裏面。」

於是過了一天之後，傅華陪同謝紫閔以及雄獅集團的人飛往海川。

由孫守義代表海川市政府親自去機場接機，把一行人送到海川大酒店住下，然後晚上金達會爲他們接風洗塵。

孫守義交代完，就先行離開了。傅華和謝紫閔一行人就留在房間裏面休息。

中午，丁益和伍權來看傅華，非拖傅華出去吃飯。傅華因爲晚上還要陪同謝紫閔參見金達的晚宴，就堅持留在海川大酒店吃午飯。

丁益和伍權拗不過傅華，只好在海川大酒店請他。

吃飯時，傅華問中天集團的林董有沒有參與舊城改造項目。伍權說：「林董對這件事很謹慎，加上舊城改造項目拆遷一直波折不斷，雙方就一直沒談好合作條件。」

傅華不禁問道：「舊城改造項目是有點複雜，尤其是拆遷問題。」

丁益嘆了口氣，說：「是啊，傅哥，拆遷的複雜程度，你想都想不到的。」

傅華說：「這個我當初可是早提醒過你的，不過，應該也沒什麼大麻煩吧，無非就是多付點錢罷了。」

丁益搖搖頭，說：「如果僅僅是錢的問題，就什麼都好說了，還有解決的辦法，問題就在有些難題根本就無法用錢來解決。」

傅華愣了一下，說：「難道還有用錢都無法解決的問題嗎？」

伍權苦笑著說：「有哇，怎麼沒有。傅哥，你知道那塊舊城改造區的中心地帶有幾棵老槐樹嗎？」

「槐樹？」傅華想了想說：「我印象中，好像真是有幾棵老槐樹在那裏，怎麼，這次拆遷要動到它們？」

丁益說：「對啊，那幾棵樹的位置很不合適，正好在舊城改造區的中心地帶，原本那裏設計規劃的是一個大型的商業廣場，爲了這個，必須將那幾棵樹搬走。」

傅華笑說：「那就搬吧，多請些專家，確保不要因爲搬遷讓樹死掉就行了。」

丁益大發牢騷說：「哪有那麼簡單，很多市民從小就生活在那幾棵老槐樹下，老槐樹已經成了他們生活的一部分了；更有甚者，還有人把這幾棵樹當做是那片區域的風水樹，說是有那幾棵樹在，才保佑他們生活幸福平安，因此說什麼都不肯同意我們把那幾棵樹給遷走。」

傅華眉頭皺了起來，說：「什麼呀，那塊地這麼多年來一直是海川最窮困的地方，哪有什麼風水可言啊？丁益，你們就不能做做這方面的工作嗎？」

丁益大嘆道：「怎麼沒做啊？可是做不通啊，尤其是年紀大的人，一聽到要搬樹，說什麼都不肯答應，這幾天還有人鼓動著這幫老人去省政協上訪，說是我們搬樹破壞了城市固有的格局，損害了海川市民的權益。因而省政協的張琳副主席還專門組織了一個工作小組跑來海川做調研，要我們一定要尊重民意，不要傷害民心。這傢伙當初很想幫束濤拿到這個項目，這次擺明了是借這件事報復。」

當初張琳確實是因為舊城改造項目跟金達鬧翻，兩人鬧得水火不容，逼得當時的省委書記郭奎不得不把兩人調開。張琳也因而被調去了省政協，從一個實權在握的市委書記，變成了一個養老退休的政協副主席，心中的不滿不言而喻。這次舊城改造項目又是金達在主管，他趁機為難也是很正常的。

看來丁益這次真是遇到麻煩了，傅華便說：「丁益，難道你們沒去找金市長和孫副市長嗎?舊城改造項目是市裏的重點工程，拆遷進行不下去，他們應該要管吧?」

丁益苦著臉說:「找了，怎麼沒找啊。可是他們也沒辦法啊，他們擔心如果強行把樹搬遷的話，會激起民怨，那時萬一釀成群眾事件，他們就無法承受了。傅哥，你一向很有主意，幫我們想想辦法吧。我們前期投入的資金很大，幾乎都是銀行貸款，老這麼拖著無法進行的話，我們就完蛋了。」

傅華也很無奈地說:「市長都沒有辦法，我能有什麼辦法啊。」

伍權不禁惱火的說:「實在不行，我就找幾個人去把那幾棵樹給鋸了算了。我看把樹鋸了，他們還講什麼風水不講?這不是迷信嘛!」

丁益瞪了伍權一眼，說:「你別這麼魯莽啊，別看就那麼幾棵樹，後面牽動的事情複雜著呢，我們可不能給別人留下口實。」

伍權氣憤地說:「什麼複雜啊，不就是東濤和孟森那些人在背後搞鬼嗎?這幫傢伙沒本事把項目爭取過去，就來跟我們玩陰的。東濤不就是仗著孟森手裏那些烏七八糟的人嗎?告訴你，我手裏也有這樣的人，要玩是嗎?大家就放開手來玩，看看誰玩得過誰。」

傅華趕緊勸說:「伍權，你可千萬別這麼做，你現在是做工程，不是做黑社會。如果把事情鬧大的話，就中了對方的圈套了，說不定對方就等著你來鬧，那樣他們就有機會把工程奪回去了。」

伍權左右爲難地說：「傅哥，我知道我在做什麼，不過老是這樣子也不是辦法啊？」

傅華現在的心思都在雄獅集團這趟的海川之行上，也沒精力再去多想舊城改造項目的問題，便說：「我看不管怎麼樣，你都不能用強迫的手段。你們不能更改一下規劃設計嗎？」

丁益說：「能改的話早改了。如果改動，我們公司會付出很大的代價的。」

傅華只好說：「你們還是應該多找找市政府，他們應該對此事負責的。」

丁益搖搖頭說：「傅哥，現在當官的你還不知道嗎？不都是一些有好處往前衝，有麻煩往後躲的傢伙嗎？金市長和孫副市長也都是這樣的啊。不說別的，就拿前陣子你那件事來說，從頭到尾，金市長有幫你說過一句話嗎？相較之下，孫副市長還好一點，至少還幫你爭辯過。」

傅華說：「這是兩碼事，我那是個人的事，他們不出頭也就罷了。現在這是市裏的工程，他們再不出頭就不應該了，我覺得金達不會坐視不管的。」

丁益卻不以爲然：「傅哥，你可能不太瞭解金市長的心理。現在有人說，莫克很快就會被調走了，金達有可能接任市委書記。在這個關鍵點上，金達一定不會想惹出什麼麻煩來，所以他也只能儘量拖延，不敢做什麼的。傅哥，你是消息靈通人士，你知不知道金達這次能不能接上市委書記的職務啊？如果金達真的能上位的話，我們也可以暫時忍受一下，等他上位了，我們再來處理這件事情。」

傅華愣了一下，他還真沒有往這方面想過，便說：「這倒不是不可能，不過，一個市委書記的安排不是件簡單的事，各方勢力都在其中博弈，很難判斷金達是不是能真的上位的。」

晚上，金達就在海川大酒店設宴給謝紫閔一行人接風洗塵。海川外貿集團的董事長魯朝陽也參加了宴會。

魯朝陽是一個五十出頭的中年男人，中等個子，戴著一副無框眼鏡，很文質彬彬的一個人。

傅華和他早就認識，知道他雖然外表看上去很文弱，實際上卻是一個精明的人。在這件事當中，傅華最擔心的就是魯朝陽的態度。魯朝陽在外貿集團有很高的威信，如果他不同意合作，對雄獅集團來說恐怕阻力不小。

握手的時候，魯朝陽還拍了拍傅華的肩膀，說：「傅主任，謝謝你幫我們外貿集團找來一個很好的合作夥伴啊。」

魯朝陽的態度讓傅華多少放了點心，起碼看上起魯朝陽並不抗拒這件事，他趕忙回說：「魯董，先不要這麼說，雄獅集團會不會選擇你們還很難說呢。」

魯朝陽笑說：「我有信心，以我們外貿集團的經營狀況，雄獅集團上哪兒去找這麼好的合作夥伴啊。」

謝紫閔對魯朝陽表現得卻很平淡，既不十分熱情，又保持著一定的禮貌，傅華相信，謝紫閔不但知道魯朝陽是誰，手裏一定還有魯朝陽的相關資料，因而謝紫閔的平淡態度是裝出來的。她是不想讓海川市的領導們知道她其實很早就看上外貿集團了，這個女人的表演功力一流，傅華也不得不暗自佩服。

接風宴會進行的熱情，卻不熱鬧，由於謝紫閔是女人，金達和孫守義便不好硬勸她喝酒，謝紫閔自然也不會搶酒喝，因而這一場接風宴就進行的很一般。加上謝紫閔對海川並不是很熟悉，沒有什麼其他的話題，而合作的事目前尚屬未定之天，也就無從談起，因此這個宴會很快就結束了。

結束後，謝紫閔和傅華禮貌性的送金達、孫守義和魯朝陽離開。趁著孫守義上車的時候，傅華喊住了他，說有事要跟孫守義彙報。

謝紫閔懷疑地看了看傅華一眼，她擔心傅華跟孫守義談的是關於雄獅集團投資的事。傅華便說：「我朋友有一個項目需要市裏支持，所以我想跟孫副市長談談，你先回去休息吧，明天考察的行程都安排好了。」

謝紫閔便笑笑說：「那行，我就先回去休息了。」

謝紫閔離開後，傅華上了孫守義的車。

孫守義好奇地說：「傅華，你要跟我談什麼啊？不會是雄獅集團的動向吧？」

傅華搖搖頭說：「我把雄獅集團帶到海川來，已經是我對他們影響的極限了。他們要不要投資海川，就看他們對海川的條件是不是很滿意，我左右不了的。我想問您的，是舊城改造項目那幾棵老樹的問題。」

孫守義眉頭皺了起來，說：「這事情很難辦啊。丁益和伍權找你了？」

傅華點點頭，說：「他們投入了大把的資金在裏面，工程卻遲遲無法動工，他們自然受不了了。副市長，市裏能不能出面幫著做做工作啊？」

孫守義苦笑了一下，說：「工作不是沒幫著做，只是做不通啊。丁益和伍權應該也知道，這件事有不少人在背後作梗。」

傅華說：「是東濤和孟森那些人嘛。但是，這可是市裏的重點工程，不能就這麼撒手不管的啊？」

孫守義爲難地說：「也沒說不管啊，一直在協調呢。不過你也知道，目前金市長的重心是在雄獅集團投資這件事上，恐怕沒有精力顧及舊城改造這邊。其實這件事只能說丁益和伍權兩個人太年輕了，處理這種麻煩不夠果斷，如果兩人果斷一點的話，早就沒事了。」

傅華不解的看了孫守義一眼，說：「您的意思是？」

孫守義說：「其實那幾棵老樹一開始並沒有多少人注意，不論鋸掉或者搬遷，三下五除二就處理掉了。可是他們倒好，遲遲不肯下這個決心，搞得現在太多人注意這件事，就給了某些人機會了，什麼風水樹之類的鬼話都出來了。其實不過是幾棵老槐樹罷了，又不是什麼名貴樹種，那個地方也從沒出過大官大將，有什麼風水可言啊。」

傅華不禁看了一眼孫守義，他覺得孫守義的話有暗示什麼的意味，似乎在說，要解決這個問題，其實辦法很簡單，就是想辦法搞掉那幾棵樹罷了。把樹搞掉了，那些人就沒有鬧事的源頭，這個問題自然就迎刃而解了。

但是假設按照孫守義暗示的意思這麼做的話，市裏的問題是解決了，但是維護老樹的人就會遷怒到丁益和伍權身上，因此傅華覺得這並不是一個好主意，於是說：「是這樣啊，看來市裏面也沒什麼好辦法，丁益和伍權也只好先等等看了。」

孫守義知道傅華不願意讓丁益和伍權鋌而走險，就笑笑說：「是啊，市裏面也沒有什麼好辦法，要他們先把這塊放一放吧。誒，傅華，雄獅集團的事你可要上心啊，人既然來海川了，就不要放走他們。」

傅華說：「我知道，我也在努力幫海川爭取。我看魯董事長挺積極的，不知道他準備好迎接考察了沒？」

孫守義說：「他當然準備好了，他是很希望雄獅集團能夠選擇跟外貿集團合作的，不然的話，他們在東海省就多了一個強有力的競爭對手了。」

傅華想想也是，雄獅集團這種有實力的大公司，確實是一個很令人敬畏的對手。魯朝陽是很精明的一個人，自然知道他們兩家是合則兩利，分則相爭的。

傅華便說：「希望他明天能夠給雄獅集團看到一個令人滿意的外貿集團。」

與此同時，束濤和莫克在海川另外一家豪華酒店吃飯。

兩人已經喝了不少的酒，莫克的臉有點發紅，對著束濤說：「束董，舊城改造項目就這麼鬧騰也不是辦法啊？」

莫克從齊州回來後，就專程找束濤探討過舊城改造項目的事。束濤早就在盯著這個項目，想要伺機給丁益和伍權找些麻煩。老樹的事就是束濤搞出來的，他注意到這是個很好操弄的議題，就想辦法鼓動住在老樹旁邊的市民，讓他們無論如何不肯同意搬遷老樹。

又讓人四處散播說這幾棵老樹歷史悠久，是海川市成長的見證，聯繫著海川的運勢，種種迷信的說法也跟著出來了，各種靈異事件被添油加醋的傳播著，於是要保護老樹的市民就變得越來越多。

束濤暗中讓人鼓動這些人爲了保樹去省政協上訪，順勢讓閒了很久的張琳出來爲海川市民主持公道。

但是由於丁益和伍權一直採取克制的態度，矛盾就一直激化不起來，離束濤想要的效果天差地遠，當然也就無法讓莫克滿意了。

莫克希望這件事搞得越大越好，鬧得越大，主管這個項目的金達要負的責任也就越大，他就可以借機打擊金達的聲勢，眼看著雄獅集團的投資可能很快就有眉目，金達的政績又要畫上亮麗的一筆，而束濤這邊卻還是不痛不癢，莫克終於忍不住抱怨了起來。

束濤也很頭痛地說：「莫書記啊，我已經費了不少勁在整他們了，但是這幫傢伙實在很狡猾，態度很克制，沒有露出什麼能讓我整治他們的大紕漏。」

莫克不滿的說：「沒有露出大的紕漏，你就沒辦法了嗎？束董，我不知道你是怎麼想的，你跟金達和孫守義可是鬥了很久，一旦我這個市委書記坐不住了，換上金達來坐這個位置，那時候海川可就變成金達和孫守義的天下了，我看你到時怎麼辦。」

束濤趕緊表明心跡說：「莫書記，我怎麼想的您不會不清楚啊，我當然不願意金達和孫守義這倆傢伙成為海川的當家人，您說您想我怎麼辦吧？」

莫克說：「把事情搞大，越大越好。」

束濤問：「怎麼個搞法呢？」

莫克陰笑著說：「這還不簡單嗎？我們現在最想看到的是什麼？不就是丁益和伍權做

出出格的事情嗎？」

束濤不解地說：「可是他們不做啊，我有什麼辦法？」

莫克罵說：「你就不能替他們做嗎？」

束濤更納悶了：「替他們做？替他們做什麼？」

莫克授意說：「假設在一個夜深人靜的晚上，有人拿電鋸將那幾棵老樹給鋸倒了，我的束董啊，你說海川的市民會認爲是誰把樹給鋸倒了呢？」

束濤愣了一下，說：「莫書記，您的意思是讓我找人假扮丁益和伍權的人，把樹給鋸掉？」

莫克說：「不行嗎？束董，你不會真的相信那幾棵樹是海川的風水樹吧？」

束濤笑了起來，說：「當然不會了，那些故事都是我找人編出來的，我怎麼會相信啊。行，莫書記，我會按照您的意思去做的。這簡單，明天我就安排人晚上偷著去把樹給鋸了。」

莫克搖搖頭說：「你先別急，要找一個金達不在市裏的時間來做這件事。」

束濤愣了一下，說：「爲什麼要他不在市裏的時候啊？」

莫克解釋說：「他不在的話，我才好出面把事情定調了。我就說市政府在這件事情上不夠尊重民意，舊城改造項目的規劃設計存在著很大的問題，對此市政府的領導同志卻沒有充分的重視，結果釀成大的抗爭，相關的領導應該負上相當的責任。等金達回到市裏，事情估計已經平息下來了，他就是想推卸責任也無能爲力了。」

束濤拍拍手說：「真是高明啊，莫書記，你這個局佈置得真高明，管叫金達啞巴吃黃連，有苦說不出。」

莫克又交代說：「到時候你多找些人從中鼓噪一下，把群眾的火給煽起來，最好是能讓省領導都坐不住，到那時候，我看呂紀怎麼去維護金達。」

束濤立即說：「這我能辦得到，別的沒有，煽風點火的人我還能找出幾個來。」

莫克看了束濤一眼，說：「那我就等著你給金達演一台好戲了。」

束濤哈哈大笑起來，看好戲地說：「莫書記，您就等著看吧，我一定不會讓我們的金達市長失望的。」

第二天，孫守義和傅華陪同謝紫閔一行人去了外貿集團。

到了外貿集團門口，魯朝陽見到他們，立即快步迎了上來，說道：「謝總裁，歡迎來我們外貿集團考察啊。」

謝紫閔笑笑說：「魯董真是客氣，怎麼敢勞動您的大駕在門口接我啊？」

魯朝陽說：「應該的，應該的。」

兩人握了握手，謝紫閔稱讚說：「魯董，外貿集團的門面很氣派啊，一看就是家底厚實。」

魯朝陽自豪的說：「那是自然，我們外貿集團也是海川市數一數二的企業啊。」

孫守義在一旁說：「謝總裁，這個我可以證實，現在外貿集團依然是我們海川市的納稅大戶之一啊。」

謝紫閔笑說：「這個無需孫副市長證實了，一看魯董提起外貿集團那種自豪的樣子，我就知道外貿集團差不了，只有把企業經營得很好的企業家才會這麼自豪。」

魯朝陽聽了說：「謝總裁的觀察力真是很好啊，難怪這麼年輕就能執掌雄獅集團的帥印。請吧，我們進辦公室坐坐吧。」

謝紫閔卻說：「如果魯董不介意的話，我想先看看你們的倉儲區。」

魯朝陽不禁說道：「謝總裁真是進出口業的行家啊，一來就看我們的核心硬體設施。」

確實是，一家外貿企業經營的好不好，首先就要看他們的倉儲區，因爲這是外貿企業的硬體，做不得假的；你吹噓的再好，如果倉儲區看上去一片冷冷清清，那牛皮馬上就會露餡了。

於是魯朝陽帶著孫守義和傅華以及謝紫閔等人繞過辦公大樓，走向倉儲區。

外貿集團的倉儲區很大，謝紫閔老遠就看到工人們一片熱火朝天的繁忙景象，心中暗道外貿集團果然名不虛傳，這麼忙碌意味著公司營運狀況不錯。

魯朝陽又帶著謝紫閔一行人看了外貿集團專用的碼頭，作業的工人正在裝卸貨物，謝紫閔饒有興趣的跟魯朝陽聊起了東北亞國際貿易的現狀，兩人都對東北亞的國際貿易抱持看好的態度。

魯朝陽也問起了雄獅集團在東南亞以及歐美市場的發展狀況，謝紫閔便向魯朝陽作了說明，兩人的交談氣氛頗為融洽。

下午，孫守義又陪謝紫閔去看了海邊的一塊空地。如果雄獅集團不想跟別人合作，打算擇地自建基地的話，海川可以把這塊地讓給雄獅集團。

謝紫閔看了看這塊地的地形，又問了些交通碼頭之類的事。孫守義承諾，如果雄獅集團選擇這塊地的話，海川市會為雄獅集團做好一切需要的配套措施。謝紫閔便留下這塊地的相關資料，說是要跟總公司研究一下再做決定。

在陪同考察的過程中，孫守義接了一個電話，接完電話，臉色就變得有點凝重起來，看了傅華一眼想說什麼，又不好意思當著謝紫閔的面說。

看完地，一行人就返回海川大酒店，傅華和孫守義剛好坐同一部車。路上，孫守義便說：「傅華，你知道我剛才接到一通什麼電話嗎？」

傅華詫異地說：「什麼電話啊？」

孫守義說：「市公安局唐政委的電話，他說有線人報告，這兩天有不少的黑道分子加入護樹的市民中，這不是一個好現象，似乎這幫人有準備鬧事的跡象。回頭你跟丁益和伍權說一聲，最近這段時間儘量不要去招惹這幫人，別讓這幫人趁機把事情鬧大。」

傅華說：「我知道，我會提醒他們注意的。」

孫守義不禁發起牢騷說：「現在的官真難做啊，成天要防備這些可能發生的突發事件，上面的領導也是，他們不管是什麼原因發生的，只知道一味地批評下面的同志工作做的不到位，這間接地助長了一些歪風邪氣，讓老百姓找到了一個途徑，稍有不滿，就聚集起來鬧事，這讓下面的同志做起事來處處被動，工作很不好開展。」

孫守義將傅華一行人送回酒店後就離開了。傅華回到房間，就趕緊打電話給丁益，他擔心丁益和伍權真的會做出什麼過激的事來。

丁益接了電話，問道：「傅哥，什麼事啊？」

傅華說：「丁益，你跟我說實話，你們這幾天是不是準備對那幾棵樹動手啊？」

丁益愣了一下，說：「沒有啊。怎麼了？」

傅華半信半疑的說：「真的沒有？」

丁益說：「當然沒有了，我什麼時候騙過你啊！」

傅華放下了心，說：「沒有最好，丁益，剛才孫副市長跟我講，有些黑道分子加入了護樹的群眾中，他懷疑有人想找機會鬧事。這可是一件很敏感的事，你如果不想惹上什麼麻煩的話，最好看住伍權，不要讓他有什麼過激的行爲。」

丁益回說：「傅哥，這個你放心，伍權也沒有這方面的打算。」

傅華聽了說：「那樣最好，丁益，這件事你還是暫時忍耐一下吧，我問過孫副市長，市裏暫時也沒別的什麼辦法。」

丁益嘆了口氣說：「行，我知道了。」

這時有人在敲門，傅華說：「那就這樣吧，有人找我了，我們再聊吧。」

傅華掛了電話，去開了門，門口站著謝紫閔，傅華笑問：「找我有事啊？」

謝紫閔說：「也沒什麼特別的事，想說我到了你的家鄉，你不請我出去轉轉，看一看海川是什麼樣子嗎？」

傅華笑說：「原來你是動了遊興了，行啊，我一會兒要輛車，陪你去海邊轉轉。」

謝紫閔高興地說：「那最好不過了，我在賓館待得也有點悶了。」

傅華就給市政府打了個電話，要了輛車。

在等車來的時候，傅華問謝紫閔：「怎麼樣，今天你看了外貿集團，也看了那塊地，感覺如何啊？」

謝紫閔笑笑說：「擇地自建基地目前並不在我們的考量之內，雄獅集團剛進入中國，還不想把局面鋪得這麼大。至於外貿集團跟我想像的差不多，魯朝陽這個人看上去很精明，目前來說，我對他的印象還不錯。」

傅華說：「看樣子你還是選擇合作這一途了。」

謝紫閔說：「對啊，目前借雞生蛋對我們來說更有利一些，現在就看我們跟外貿集團準備要怎麼合作了。」

傅華便問：「你有什麼想法嗎？還有，你們在持股比例上打算怎麼做呢？」

謝紫閔回說：「想法是有一些，不過還需要跟外貿集團談了才能確定。至於控股問題，也要外貿集團願意接受才行。否則外貿集團總是在海川地面上，即使在我們的高壓下勉強接受被我們控股，私下他們要搞什麼鬼，我們也是無法控制的。」

傅華頻頻點頭說：「你能看到這一點，真是令人佩服啊，這說明你看事情是從務實的角度出發，而不是追求什麼形式上的東西。」

謝紫閔笑說：「我是要爲雄獅集團帶來盈利的，形式上的東西根本就沒有用啊。」

這時司機打電話來，告訴傅華車已經到了，傅華就跟謝紫閔說：「車子到了，我們下去吧。」

兩人上了車，傅華說：「我帶你看看海川的海邊吧。」

謝紫閔高興地說：「好啊，你知道嗎，從新加坡來北京，我最不習慣的一件事就是看不到海了。」

傅華笑說：「新加坡的海是什麼樣子我不知道，不過我敢跟你保證，海川的海是非常美的。」

車子就往海邊開去，行經舊城改造項目那片地時，傅華很想去看看那幾棵老樹，便對謝紫閔說：「你介意我在這裏耽擱幾分鐘嗎？」

謝紫閔搖搖頭說：「不介意啊，反正我現在也沒什麼事。」

傅華就讓司機把車開到那幾棵老樹那裏，老樹旁邊的建築已經拆得七七八八了，只有幾棵孤零零的老樹還杵在那裏。

傅華老遠就看到老樹旁圍了許多人，樹上還掛了不少條幅，上面寫著要與老樹共存亡之類的話。

謝紫閔奇怪地看了傅華一眼，說：「幹嘛，你要參加他們嗎？」

傅華搖搖頭說：「我就是來看看而已。」

說話間，車子開近那幾棵老樹時，就有幾個大漢走過來圍著車子看，似乎想瞭解這部車子是來幹什麼的。傅華看這幾個大漢完全是街頭混混的樣子，知道來意不善，趕忙讓司機把車開走了。

第二章

逆向操作

孫守義的心裏打了好幾個問號，眼前這些事該不會是莫克搞出來的吧？
其目的只有一個，打擊金達的聲望。
鋸樹的事一出來，孫守義立即猜測是丁益和伍權做的，
現在想想，很可能是有人利用了這一點，做了逆向操作。

等車子離開舊城改造的區域時，謝紫閔才鬆了口氣，說：「這些人是幹什麼的啊？怎麼這麼兇啊？這幾棵樹真的那麼重要嗎？」

傅華搖搖頭說：「不是這幾棵樹重要，而是有人想用這幾棵樹來做文章罷了。」

謝紫閔想了想說：「我明白了，這些人是想用這幾棵樹多敲詐一些拆遷費用吧？」

傅華說：「不是那麼簡單，這不是錢的問題，而是這些人想利用這幾棵樹故意爲難要改造這片區域的公司。」

謝紫閔反應很快，立即問道：「這家公司與你有關係嗎？」

傅華說：「這是我朋友的公司。我昨天跟孫副市長談的就是這件事。」

謝紫閔聽了說：「原來是這樣子啊，你管的事情還挺多的啊。」

傅華笑笑說：「沒辦法，朋友找到我了，不幫忙不行的。」

車子很快到了海邊，謝紫閔的注意力被海邊優美的景色吸引了過去，喊道：「傅華，這邊還有海鷗啊，真是太美了。」

傅華笑說：「跟你說了，這裏的海邊很美的。」

謝紫閔就讓司機停下車，她要去海邊玩。傅華就陪她下了車，謝紫閔脫掉了腳上的鞋子，漫步在白色的沙灘上，又走到海水裏，不時伸手去捉水裏游動的小魚，一副天真浪漫的樣子。

看傅華站在一旁觀看，謝紫閔喊道：「別傻站著了，脫了鞋進來一起玩吧，在水裏好舒服啊。」

傅華不好拒絕，雖然他覺得兩個中年男女拖了鞋在海水裏玩耍有點幼稚。

他挽了一下褲腳，脫了鞋，走到謝紫閔身邊，笑說：「沒想到你這個女強人還這麼天真啊。」

謝紫閔看了傅華一眼，說：「你不會連童心都沒有了吧？」

傅華愣了一下，說：「我感覺自己早就老了。」

謝紫閔搖搖頭說：「難怪你不快樂，人只要保有一份童心就會快樂。」

傅華想起自己的童年，父親去世後，他好像就沒有所謂的童年了，他很早就要去面對家庭的困苦狀況，雖然母親盡力撐起了家，但他早就很難再去保有那一份童心，需要去想更多實際的問題。

傅華不想去跟謝紫閔說他年幼的生活環境，就笑笑說：「也許吧。」

兩人在海邊瘋玩了一陣，就找了一個小飯店去吃飯。飯店雖小，但是東西很新鮮，兩人吃得十分開心。

吃了一會兒，謝紫閔說：「傅華，這是我來中國過得最開心的一刻了。」

傅華笑說：「以後你們雄獅集團跟外貿集團合作後，你可以天天來海邊開心的。」

謝紫閔嘆說：「我是那麼想，不過肯定不行的。雄獅集團雖然可能會跟海川達成合作，但是雄獅集團不會僅僅只有這個地方的業務，未來雄獅集團還是會把重心留在北京，畢竟那裏才是中國的心臟。」

傅華打趣說：「看來你這個女強人還有很多要忙的啊。」

謝紫閔苦笑了一下，說：「是啊，我肩膀上的擔子很重啊。剛才我在海裏玩的時候就在想，何必活得那麼累啊，這樣子多好啊！」

傅華取笑說：「恐怕讓你天天這麼生活，你又會想忙碌工作的時候了。我前段時間工作被停職的時候，一下子沒事做了，真是很不習慣。動不動就看手機，心說它怎麼還不響呢。」

謝紫閔聽了笑說：「不會吧，我看你可是很喜歡那種沒事做的生活啊，你不是故意留在醫院不想出來嗎？」

傅華說：「那是我過了一段時間適應了。其實，人就是一個習慣的動物，一旦你習慣了某種生活，就不想再去做改變了。」

謝紫閔搖頭說：「這是惰性。主要是這邊的生活節奏太舒緩了，你是沒在新加坡生活過，新加坡競爭激烈，稍微鬆懈一下，就會被社會淘汰了。那時候你就不會有這種惰性了。」

傅華比較了一下說：「北京的生活節奏還可以，海川就不行了，我當初之所以從海川去北京，也是覺得這裏的生活步調太慢了。」

謝紫閔突然低下頭說：「說起海川，剛才有點不好意思啊。」

傅華納悶地說：「怎麼了，怎麼突然不好意思了呢？」

謝紫閔說：「我忘記你很早就父親過世了，當時你家的環境一定很差吧？」

傅華點頭說：「我真服了你們的資料搜集工作了，連我父親很早就過世了你們都知道。是啊，我很小的時候就需要去面對同齡孩子不會面對的困境。好比學校又要收錢買書本之類的，我拿著通知單的時候，心裏就特別的難受，雖然我知道媽媽一定會給我錢，但是爲了這筆錢，她又需要很辛苦的工作了。你家庭環境優渥，自然不會體會到我當時的心情。」

謝紫閔抱歉地說：「是我飽漢不知餓漢饑了，對不起啊。」

傅華笑說：「不要說什麼對不起，你又不是故意的。其實我很羨慕你這種心境，既有強悍的一面，又有童真的一面，這樣才能調適好自己的心情吧。」

謝紫閔卻說：「也不是，其實我也有壓力很大的時候，雄獅集團剛進中國時，總公司一直想看我會做出什麼成績出來，我的壓力十分大，費盡心思要挖角你也是因爲這個。幸好你幫我打開了這個局面，讓我可以有一個不錯的開始，我也才能放鬆心情下去玩水。不過，這種放鬆也是暫時的，等合作確定之後，我還需要開拓新的局面出來，不然還是不好跟總公司交代的。」

傅華認同說：「大家都一樣啊，一件事情完成之後，就要找出新的事情來做，永無休止，直到退休離開工作崗位為止。」

謝紫閔笑說：「對啊，簡直是自尋煩惱，所以我們也需要給自己找一些放鬆的機會，不要總是一根弦綳著，很容易斷的。」

傅華知道謝紫閔這是在開導他，便笑笑說：「你又轉到我身上了。」

謝紫閔突然問：「誒，傅華，你是不是覺得我很討厭啊？」

傅華奇怪地說：「沒有啊，怎麼了？」

謝紫閔說：「那你為什麼寧願去跟一個陌生的女孩在酒吧搭訕，卻不肯叫我出來陪你聊聊天？你這不是討厭我，又是怎麼一回事啊？」

傅華趕忙說：「你誤會了，我那天因為睡不著，在家附近隨便找個地方喝點酒，就遇到那個女孩，是她先跟我搭訕的，其實我只是想喝得迷迷糊糊回家睡覺的，根本沒想到要找人陪。」

謝紫閔故作嬌嗔說：「反正你就是不拿我當朋友看就是了。我一個人在北京，有時候也很想找人聊聊天的。」

傅華答應說：「行，下一次我如果去酒吧，一定會約你的。」

兩人邊吃邊聊，開心喝著啤酒，很晚才回酒店。

第二天，傅華還沒起床，他的手機就響了起來，看了看號碼，是孫守義打來的，趕忙接通了，說：「孫副市長，這麼早，什麼事情啊？」

孫守義緊張的說：「傅華，你趕緊通知謝紫閔他們，今天的活動暫停，讓他們儘量留在房間裏面，不要隨便離開酒店。」

傅華愣了一下，說：「爲什麼啊，出什麼事情了？」

孫守義嘆說：「那幾棵老樹昨晚被人偷著給鋸了，現在一大幫人圍著市政府，非要市政府給他們主持公道不可。」

「什麼？老樹被人給鋸了？」傅華驚叫了起來：「誰幹的啊？不會是丁益他們吧？」

孫守義說：「我知道後，第一時間就打電話問過丁益了，丁益說他也不知道是誰幹的，反正不是他們。不過目前最大的嫌疑人就是他們啦，他們是這次鋸樹事件最大的受益者。」

傅華想了想說：「我昨天才警告過丁益的，他也答應我不會採取什麼行動，照說丁益不會做這麼愚蠢的事啊。」

孫守義說：「我現在也沒辦法確定是不是他們做的，只是目擊者說，昨晚深夜的時候，突然有幾個壯漢帶著電鋸衝到樹前，二話不說就開始鋸樹，幾下就把樹給鋸倒了。還沒等周圍的人反應過來，這幫人就跑了。」

傅華問：「那有沒有人看到這幫傢伙是誰啊？」

孫守義說：「目擊者說都是生面孔，沒見過。我想，不管是誰做的，他們都不會被認出來的。好了，傅華，你先去安撫一下謝紫閔吧，不要讓他們因爲這件事對我們海川產生什麼看法，我要去和莫克書記處理這事去了。」

傅華趕忙問說：「怎麼會是莫克出面處理呢？金市長呢？」

孫守義說：「金市長昨天去省裏開會，晚上回家沒回海川。我已經電話通知他了，他在趕回來的途中。你先去安排謝紫閔的事吧，不要管這些了。」

傅華說了聲好，掛了電話。看看時間還很早，也不好這個時候去謝紫閔的房間，他就撥了個電話過去。

好一會兒，謝紫閔才接了電話，不高興地說：「傅華，你這麼早吵我幹嘛啊？我睡得正香呢。」

傅華抱歉地說：「不好意思啊，攪了你的美夢了，我打電話是想告訴你，今天的活動暫停，市裏出了點緊急的事，孫副市長正在處理，請你們的人儘量不要離開酒店，外面可能有點不安全。」

「不會吧，傅華，你在跟我開玩笑嗎？不安全，有什麼不安全的啊？」謝紫閔訝異地說。

傅華說：「昨晚有人把那幾棵老樹給鋸了，現在很多人圍在市政府前，要市政府給說法。」

謝紫閔說：「哦，是誰鋸的？你的朋友嗎？」

傅華說：「現在我也不知道。你不要管了，反正今天你們不要離開酒店就行了，我一會兒去市政府看看究竟怎麼樣了。」

「那你小心一點。」謝紫閔提醒道。

傅華穿好衣服，便去了市政府。

到了市政府門前，就看到門口圍著一大群人，這群人看上去有上千人之多。傅華擠到了人群的前面。

莫克和孫守義以及一些領導站在人群前面，就聽莫克正在向群眾喊話呢。

「各位市民，發生這種事我也感到很痛心，居然有人敢做出這種事情來，簡直是在踐踏我們海川市民的尊嚴。在這裏，我跟大家保證，海川市委、市政府一定會大力查處這件事的，也會嚴懲追究涉案人的責任，給大家一個滿意的交代。」

群眾對莫克卻不買賬，有人喊道：「狗屁！光查處有什麼用啊，樹已經被鋸掉了，不能重生，我們要求停止舊城改造項目承建商的承建資格，要他們退出這個項目，作爲他們鋸掉老樹的懲罰。」

孫守義在一旁解釋著說：「目前市裏還在調查這件事情，無法確定就是舊城改造項目的承建商鋸掉樹的，所以……」

孫守義話還沒說完，就有人喊道：「你們跟承建商沆瀣一氣，包庇他們，所以他們才敢這麼大膽的把我們的神樹給鋸掉的，今天你們一定要懲處承建商，不然我們老百姓可不答應。」

孫守義還想爲丁益他們辯護，但是莫克卻不讓他說話了，莫克接過麥克風說：「老孫，我來說吧。」

孫守義只好退到後面去，讓莫克講話。

莫克看了看人群，說：「各位市民，請大家相信我，作爲市委書記，我會給大家一個滿意的處理結果的，希望你們給我們一點調查的時間，只要調查出來是誰幹的，市裏面一定會嚴厲懲處的。至於舊城改造項目的規劃設計，現在看來，原來的規劃設計確實存在著不少的問題。回頭我會責成市政府重新討論這個方案的可行性的。」

孫守義在後面聽莫克說到方案的可行性，心裏一驚，莫克這是想幹什麼？意思是原來市政府做出的方案有問題囉？這個矛頭可是指向了原來主持設計方案的金達了。

莫克這是有備而來啊，事情可能不是像表面看來的那麼簡單了。

孫守義的心裏打了好幾個問號，眼前這些事，該不會是莫克搞出來的吧？其目的只有一個，製造出金達執政的錯誤，好打擊金達的聲望。如果是這樣的話，莫克可就太陰險了。

本來鋸樹的事一出來，孫守義立即猜測一定是丁益和伍權做的，但現在想想，很可能是有人利用了這一點，做了逆向操作，他開始覺得這件事不是兩人做的了。

孫守義回頭看了看在場維護秩序的公安局局長姜非，他想這件事必須讓公安局查清楚才行，否則這個屎盆子就扣在他和金達的頭上了。

莫克講完話之後，也不知道人群是被莫克的講話打動了，還是有人刻意安排的，人群不再喧鬧了，一哄而散，市政府門前恢復了平靜。

莫克抹去額頭上的汗水，對孫守義說：「守義同志啊，我看我們馬上開個緊急會議吧，研究一下要如何解決這件事。」

孫守義看了莫克一眼，他感覺莫克的眼神在躲閃他，心中明白莫克急於開會是爲了什麼，他是想趁金達還沒有回到海川之前，先拿出處理方案，然後迫使金達不得不接受既成事實。

這樣環環相扣，絲毫不給市政府喘息的機會，看來莫克是早就算計好了，一定要給金達來個慘重的打擊。

這一招可謂又狠又準，正打在金達的七寸上。如果這件事不查清楚，金達就算是在工作上留下了污點，也就不太可能被當做接替莫克的合適人選了。

目前在東海，呂紀還不是一個強勢的省委書記，他並沒有做到在東海省唯我獨尊的地步，因此在用人和推行政策方面，他還需要協調各方勢力，無法用強。莫克也許正是看出了這一點，才搞出這麼個鋸樹的事件出來。

想到這裏，孫守義心中暗自懊悔，事前唐政委明明提醒過他，說是有黑道人士加入護樹的群眾中，當時他只是想到了丁益和伍權方面去，根本就沒想到莫克和束濤會反向操作這件事，以至於讓莫克和束濤有機可趁，也讓他和金達陷入了這麼被動的局面。

不行！他不能讓莫克得逞，金達無法上位的話，市長的寶座就騰不出來，他會在海川浪費更多的時間；此外，舊城改造項目的規劃設計他也是主導者之一，如果讓莫克找到重新規劃的機會，他也得承擔責任的。

他必須趕緊想辦法阻止莫克的陰謀。首先要做的，就是不能讓莫克在金達還沒回來前，就召開檢討會議。

孫守義就說：「莫書記，舊城改造項目規劃是在金市長的主導下制定的，他不在場，開這個緊急會不太合適吧？鋸樹的事我已經通知金市長了，他正在趕回來的途中，我們是不是等他回來了再開這個會？」

孫守義的理由很正當，莫克也不好說些什麼，雖然他很想趁金達還沒回來前把這個會給開了，然後在會議上制定出針對金達的處理方案來。不過現在事情基本已成定局，想來金達就是回到海川，也是回天乏力了。

莫克便也樂得裝大方，就笑笑說：「行，那就等金達同志回來我們再開會吧。」

莫克就回市委去了，孫守義喊住了也要離開的姜非，說：「姜局長，你到我辦公室來一趟，我有事跟你說。」

姜非跟著孫守義去了副市長辦公室，進門後，孫守義就說：「姜局長，今天的情形你也看到了，我想你應該明白這件事是衝著誰來的吧？」

姜非點點頭說：「我明白，這是衝著金市長和您來的。」

孫守義面色凝重地說：「你明白就好。如果不查清楚究竟是誰指使人鋸倒了樹，我和金市長都要承擔責任的。姜局長，當初我可是聽了省廳的領導大力推薦你的能力，才想辦法把你調來海川主持公安局的工作的，現在形勢這麼嚴峻，於公於私都需要你拿出能力來了。」

說實話，孫守義對姜非來海川之後的表現並不是很滿意，雖然姜非對孟森和束濤的勢力起了一定的壓制作用，但是並沒有給他們什麼重大的打擊，這與當初孫守義的期待有很大的落差。

姜非也知道自己的表現差強人意，也很想有一番作爲重振一下名聲，何況他等於是跟孫守義金達同一派系的，金達和孫守義有麻煩，就等於是他有了麻煩，此刻他也必須要做出點什麼來才是。

於是姜非重重地點了下頭說：「您放心，公安局一定動員精幹力量，查出究竟是誰指使這次鋸樹行動的。」

孫守義訓斥說：「不是一定，而是必須查個水落石出，還要儘快。事前唐政委跟我說有黑道人士加入護樹的行列中，我想他應該注意到了什麼，你就從這方面入手，務必將幕後的人物給我揪出來。如果你這次還不能有所作爲的話，我想你留在海川也沒有什麼用了，還是回你的省廳吧。」

孫守義的話十分不客氣，姜非對此無話可說，只是如果真的被調回去，對姜非來說無異是奇恥大辱。這等於是間接的跟省廳的人說他是個無用的廢物，這對一向自視甚高的姜非如何接受。

姜非便下重誓說：「副市長，我跟您保證一定將幕後人物給揪出來。如果這次我還做不到，我也不會回省廳了，直接就給市裏打辭職報告好了。」

孫守義瞅了姜非一眼，說：「行，姜局長，你有這個信心就好。這件事刻不容緩，你趕緊去查吧。」

姜非就離開了辦公室。

孫守義站在辦公室裏想了想，把電話撥給了金達，他要趕緊把現場發生的事跟金達說一聲，讓金達有些準備，不然金達一到就要參加緊急會議，會措手不及的。

金達接了電話，孫守義馬上問說：「市長，你還有多久才能到市裏啊？」

金達顯得很焦急地說：「老孫，我還要一個多小時才能到，現場的情況怎麼樣了？」

孫守義說：「人是散了，莫克書記在現場做了說服工作，人們才散的。不過，人雖然散了，形勢對我們市政府來說卻很不利。」

金達趕忙問道：「這與我們市政府有什麼關係啊？又不是市政府叫人鋸樹的。」

孫守義說：「但是莫克卻把這件事跟我們市政府聯繫了起來，他說是我們做出的舊城改造項目設計有問題才導致這個結果的，他想要重新檢討原來的設計方案。」

金達叫說：「什麼，莫克怎麼能這麼說？他想幹什麼啊？舊城改造項目的規劃設計方案是常委會上討論通過的，他也舉手贊成的。他想重新討論是什麼意思啊？」

孫守義說：「他在群眾面前卻不是這麼說的，他把矛頭直指市政府，一口認定是市政府的錯。市長，您有沒有感覺到，這是莫克書記設計好的啊。他原本準備在您沒回來前，就召開緊急會議來處理這件事情呢。我看情形不對，就說必須等你回來再開會才合適，把他攔住了。」

金達聽了說：「老孫，這件事你做的很好，千萬不能讓莫克在我缺席的情形下開什麼緊急會議。我讓司機加快速度，儘快趕回海川。」

孫守義卻說：「我倒覺得眼下當務之急，並不是趕回來參加緊急會議。」

金達詫異地說：「那你說我現在應該做什麼?」

孫守義說：「我覺得您應該跟呂紀書記彙報一下這件事。」

金達猶豫地說：「這件事讓省裏面知道好嗎?」

孫守義分析說：「您認爲這件事省裏會不知道嗎?早點彙報給呂書記對我們是有利的，如果他從別的管道知道這件事，會對您很生氣的。」

政壇上處理壞消息的一個基本準則，就是如果這個壞消息肯定隱瞞不住的話，不如爭取在第一時間彙報給相關的領導。這樣會給領導一個坦誠的印象，也讓領導有了先入爲主對事件的瞭解，避免領導從對手的管道得到關於這件事的負面消息。

金達爲難地說：「可是我現在還沒有掌握整個事件的情況啊，要怎麼跟呂紀書記彙報啊?我連這件事究竟是誰做的都不清楚。」

孫守義說：「這件事究竟是誰做的，一時之間很難弄清楚。我已經下了死命令讓姜非去查了。我覺得您不用跟呂紀書記彙報的那麼詳細，只要把莫克書記在出了鋸樹事件後的一些表態彙報給呂書記就行了。」

金達遲疑了一下，他在權衡這麼做的利弊，孫守義說的不無道理，如果在趕回海川前先弄清楚呂紀對這件事的態度，那樣他就佔據了主動的位置。他也可以根據呂紀的態度來決定對莫克的態度了。

金達說：「行啊，老孫，我馬上就給呂紀書記打電話。」

金達撥了電話，呂紀接通了。金達立即說：「呂書記，海川今早發生了一件群眾抗議事件，我想跟您彙報一下。」

呂紀一聽，嚴肅了起來，說：「究竟是怎麼一回事啊？」

金達就報告了他從孫守義那裏得知的事件經過，以及莫克在群眾前作出的表態，說：「莫克書記在還沒查清楚究竟是什麼人做這件事時，就要我們市政府來承擔責任，這讓我們市政府的工作很被動。再說，當初舊城改造項目的設計方案，莫克書記也是投了贊成票的，這時候反而跟沒事人一樣，站出來指責市政府規劃錯誤，顯然也是很不負責任的。」

呂紀沉吟了一下，他不想因爲他的表態讓事件變得更加複雜化，於是想了一會兒才說：「金達同志，處理這類事件首要的一點，就是要維護群眾的利益以及維持大局的穩定。無論你對莫克同志的做法有多麼的不滿意，都要暫且把你們之間的意氣先放下，先把群眾的情緒安撫下來為第一要務。這你明白嗎？」

金達只得按捺住不滿的情緒說：「我明白，呂書記。」

呂紀又說：「至於對項目規劃方案重新討論，這個無妨嘛，如果你們市政府的方案是可行的，再研究一下也不妨礙。不過，這個方案既然已經是經過常委會討論通過了的，責任也就不再是市政府單方面的，而是常委會組員都有責任。這些都有記錄，是誰的責任清清楚楚擺在那裏，你也無須去跟莫克爭辯什麼，知道嗎？」

呂紀處理事情果然老辣，簡單一分析，金達就清楚了其中的利害關係了。

重新討論設計方案是安撫群眾情緒的必要措施，雖然莫克是有針對性的，但是無論是站在呂紀的立場上，還是金達的立場上，恐怕都無法反對。因為只要一反對，就會給對手再次掀起群眾情緒的口實。

所以明智的做法就是暫時壓下對莫克的反感，接受莫克的提議。這樣雖然心裏會覺得很憋屈，但是起碼消除了釀成新的隱患的危機。

金達便說：「我知道了，呂書記。」

呂紀又再提醒說：「這次鋸樹的行動很惡劣，一定要弄清楚幕後策劃的人究竟是誰。

我也會跟省廳領導打聲招呼，省市兩級聯動，務必查出這件事的罪魁禍首，查出之後，嚴懲不貸。」

省市兩級聯動，表明了省裏對這件事情的重視，金達相信如此一來，一定會很快就破案的。他也明白呂紀這是在支持他的表態，就說：「謝謝書記對我們海川工作的支持。」

呂紀說：「不用客氣，誒，雄獅集團的投資進展的怎麼樣了？」

金達報告說：「雄獅集團已經來人在海川考察了，目前看來進展順利。」

呂紀鼓勵他說：「加把勁吧，省裏面已經在研究打造黃金海岸，建設東北亞國際貿易中心區的發展規劃了，我很希望你們海川能作爲這個貿易中心區的核心城市，這裏面雄獅集團的投資很關鍵，你要把精力都放在這個上面，不要因爲什麼鋸樹的小事而分心。」

金達很感動，呂紀這麼爲他著想，便說：「呂書記您放心，我一定不會辜負您的期望的。」

跟呂紀通話之後，金達對如何處理鋸樹事件，心中就有底了，一回到海川，他就打電話給莫克，說他回來了，如果莫克要召開緊急會議可以開了。

莫克對金達主動找他有些意外，他以爲金達一定會躲避這次會議，沒想到金達倒主動找上門來了。不過莫克心裏很篤定金達玩不出什麼花樣來，就說：

「是啊，這件事十分急迫，我們必須趕緊做出處理方案來，不然護樹的群眾是不會罷休的。原本我早就想召開這個會議了，只是守義同志說你是負責這個項目的人，必須要你參加這個會議才好舉行，所以把會議拖延了下來。既然你已經回來了，我們就馬上召開緊急會議吧。」

於是立刻就召開了一個緊急會議，由莫克主持。

莫克滔滔不絕地說著該如何處理這次事件的方案，講到重新研究設計方案的時候，莫克特地看了金達一眼，他滿心以爲會看到金達氣急敗壞的表情，結果卻大大出乎他意料之外，金達的反應很平淡，似乎並不以爲意。

這讓莫克有點失落，好像他重拳出擊，想給對手沉重的打擊，結果出手之後，卻發現對手毫無反應，就像打到了棉花上一樣，覺得十分無趣。

莫克講完後，便看了金達一眼，說：「金達同志，你對此有什麼意見嗎？」

「沒有，」金達笑笑說：「莫書記的建議很合理，我贊成。」

這下不光莫克感到意外，連孫守義也有些吃驚，心說難道金達請示了呂紀之後，呂紀不支持金達，反而支持莫克嗎？這可有點詭異，呂紀應該不會看不出莫克是在其中搞鬼的。

孫守義的吃驚沒有持續多久，金達接下來的話讓他很快就明白呂紀真實的意圖了。

金達說：「我回海川前，把這件事跟呂紀書記彙報了一下，呂紀書記指示……」

金達就把呂紀的指示說了出來，一開始莫克的臉上還有幾分笑容，他感覺呂紀的指示跟他的建議異曲同工，心裏未免有點小得意。可是越聽下去，越覺得滋味不對了，特別是呂紀說要省市兩級公安部門聯動，將鋸樹的罪魁禍首找出來，他臉上的笑容徹底不見了，心裏咯登一下，心說這下子可是有點麻煩了。

莫克深知省市兩級公安部門聯動會是什麼狀況，鋸樹這件事如果沒有什麼領導關注，一開始也許會鬧騰一下，但很快就會不了了之的。但是現在不但有領導關注，還是全省的最高領導，情形就會大大不同了。

莫克幾乎可以想像的出來，省公安廳現在一定正在爲這件事成立專案小組呢。一旦真的將鋸樹的肇事者找出來，那麻煩的就不是金達，而是他莫克以及束濤了，肇事者一定會供出是受束濤的指使才那麼做的，那時束濤也許會將他也供認出來，好減輕刑責。

莫克坐不住了，他想馬上就離開會議室，打電話給束濤，讓束濤趕緊把參與鋸樹的人藏起來，避免被省公安廳的人找到。另外公安局這邊，莫克也不放心，姜非和唐政委都是跟孫守義、金達一條線的，莫克掌控不了他們。

散會後，莫克回到自己的辦公室，趕忙打給束濤，說：「我們見個面吧，去夾河邊，我有事跟你說，馬上！」

莫克掛了電話，出門坐上車去了夾河邊，就看到束濤的車也到了。

兩人很快走到了一起，莫克問：「束董，鋸樹的人還在海川嗎？」

束濤搖搖頭說：「我已經讓他們離開海川了，怎麼了？」

莫克說：「現在事情鬧大了，呂紀指示要省公安廳和海川市公安局兩級聯動，務必把鋸樹的人給找出來，你最好是把那些人打發得越遠越好，千萬別被公安找到。」

束濤的臉色難看了起來，知道事情嚴重了，不滿的說：「呂紀這是不是有點小題大做啦，鋸幾棵樹而已，需要把省公安廳都動員起來嗎？」

莫克說：「你不要說這麼多了，現在不是討論這件事的時候。反正你只要知道，如果被公安部門找到那些人，你和我都要吃不了兜著走了。再是，最近這段時間，你跟朋友講電話千萬不要談這件事，我怕公安部門會監聽你的電話。」

莫克又說：「現在是省委書記跟公安廳要人，公安廳不儘快破案的話，廳長也不用幹了，所以公安部門必然會用上一切偵破手段。總之小心爲上。好了，我不跟你說了，我要趕緊回去，別讓人注意到我們的見面。」

海川大酒店。

傅華一個人坐在房間裏看著電視裏的綜藝節目。剛才他在市政府門前看到莫克所做的那些表演，他跟孫守義的感覺是一樣的，都覺得鋸樹事件可能是莫克和束濤在背後搞的鬼。

莫克講的那些話根本就是在針對金達和孫守義的，聯想到丁益跟他說金達最近有可能上位的話，傅華越發相信自己的這種感覺了。

不知道怎麼了，傅華看到這些，忽然對政壇上這些廝殺有點意興闌珊，這些領導們，沒有人把心思放在正事，反而都放在爭權奪利上，根本就是不務正業，也讓他分外無趣和厭倦，於是原本準備要去市政府跟孫守義聊聊的，看人群散了之後，就轉身離開了。

回到酒店，打開電視，看了一會兒，就聽到有人敲門，傅華去開了門，看到謝紫閔站在門外。

謝紫閔進門坐了下來，對傅華說：「你看的情形究竟是怎麼樣了？」

傅華說：「忘了跟你說了，現在外面沒事，警報解除了。不過，你們最好還是留在酒店，那些抗議群眾雖然暫時被安撫住了，但是事情還沒徹底解決，誰也難保不會再有類似的事情發生。」

「那你們的孫副市長呢？」謝紫閔問。

傅華回說：「這時候，領導們應該在開會研究怎麼應對這件事吧，短時間內，他不會有空搭理我們的。」

謝紫閔擔心地說：「傅華，這會延宕很久嗎？我可沒有太多的時間留在海川的。」

「應該不會，你著急了？」傅華問。

謝紫閔說：「我哪有那麼多時間可以浪費啊？還有，你們海川怎麼會這樣啊，如果雄獅集團來投資了，會不會也發生這種受到市民圍攻抗議的情形啊？如果那樣，我們還要不要在海川投資，就需要重新考量了。」

傅華沒想到鋸樹事件會給謝紫閔帶來這種負面的影響，他可不希望雄獅集團受此影響，放棄跟外貿集團合作的計劃，便趕忙解釋說：「這是特殊情況，不是針對你們的，平常這種事是很少會發生的。」

謝紫閔卻說：「平常很少發生，怎麼我來就發生了？傅華，投資安全也是我們雄獅集團優先考量的因素之一，你們發生這個情形，我很難不受影響。」

傅華心裏感覺不妙，謝紫閔剛來國內的時候，雄獅集團就因爲擔心她的安全，還專門請了保鏢保護她呢，現在因爲鋸樹事件，很難不讓謝紫閔有所誤會。

傅華心裏不禁暗罵莫克和束濤要搞鬼也不挑個好時間，單單在謝紫閔來考察的時候搞這麼一下，簡直就是添亂嘛！

傅華看著謝紫閔，說：「小謝，你相信我，這真是很少發生的。」

謝紫閔搖頭說：「傅華，我不是不相信你，就算平常這種事很少發生，但是群眾只要抗議就是直接圍攻市政府，這裏的民風也太彪悍了點，雄獅集團把焦點放在海川，是因爲很欣賞你的爲人，覺得你推薦的地方絕不會差到哪裡去。但是現在看來，好像並不是這麼一回事啊。」

謝紫閔越說越表露出不想投資海川的意思，傅華急說：「小謝，事情真的不是你想的那樣，千萬不要因爲這件事就影響你對海川市的印象。昨天我不是陪你看過了嗎，你不是也覺得海川很美嗎？」

謝紫閔說：「那是另外一回事，我哪想到今天你們就給我演了這麼一齣啊？」

傅華無奈地問：「那你的意思是？」

謝紫閔抱歉地說：「傅華，我知道你費了不少的心思，但是今天發生的事超出了我能容忍的範疇，而且，我既然知道了這種情形，就不能對總公司隱瞞，必須如實彙報給總公司才行，所以我們還要不要跟外貿集團合作，現在我也沒辦法明確的答覆你了。」

傅華有點懵了，他調動那麼多的力量，布下那麼大的一個局，都是爲了能讓雄獅集團投資海川，現在雄獅集團卻有可能一走了之，這不是讓他所有的計畫都落空了嗎？

謝紫閔看傅華發呆的樣子，歉意地說：「傅華，對不起啊，我必須對總公司負責的，我們雄獅集團跟你們海川市不一樣，如果我們投資失誤，集團是無法承受的，所以你不要怪我。」

傅華知道這時候他不能去強迫謝紫閔做什麼，何況責任也不在謝紫閔身上，只能說是人算不如天算啊！

傅華苦笑了一下，說：「小謝，你不用跟我說對不起，這也不能怪你，你是在做你應該做的事情而已，沒有什麼錯。這樣吧，你先別急著做出什麼決定，如實地將這邊發生的事情跟總公司彙報後，由他們來做決定好不好？」

謝紫閔點點頭，說：「這個我可以答應你。」

看傅華一臉的落寞，謝紫閔忽然有一種心疼的感覺，忍不住伸出手來，輕輕地撫摸了一下傅華的臉龐，說：「傅華，這不是你的責任，別把自己搞得太累了。」

傅華躲開了謝紫閔的手，他有一種想哭的衝動，可是作爲男子漢大丈夫，他不能在這個跟他還不是那麼熟的女人面前哭泣，便站了起來，說：「小謝，我覺得有點悶，想出去走走。」

謝紫閔便說：「那我陪你吧。」

傅華搖搖頭說：「不用了，我想一個人。」

謝紫閔很能理解傅華現在的心情，便開門走了出去。

傅華隨後也出了房間，漫無目的的走著。一路上腦子空蕩蕩的，不知道在想什麼。

走了一會兒，來到海邊，海風的腥涼讓他感到了幾分親切和清爽，便在海邊找了一個石凳坐了下來。海水不斷地退回去又湧上來，海浪一個接一個的打到岸上，浪花不時地濺到他的臉上。

看著潮起潮落，傅華的心情好了些，心想自己是不是太在意這件事了？因爲他太在意，才會這麼患得患失。就算雄獅集團沒在海川投資又怎麼樣呢？他的天還沒塌下來，沒有雄獅集團，甚至沒有駐京辦，他依然可以過得很好。

傅華腦海裏又浮現出那晚在酒吧遇見的那個女孩跟他說的話：你以爲你是誰啊？是啊，人家莫克和金達都沒著急，我急什麼？事情成了，我也沒多點什麼；不成，我也不會少了什麼，有必要把自己搞得這麼沉重嗎？

傅華臉上浮現出一絲苦澀的笑容，也許自己應該放下心中那些沒有意義的重擔了。傅華便不再去想雄獅集團會不會投資的事，他把腦袋放空，遠眺著海上飛翔著的海鷗，恍惚之間，他好像就是一隻海鷗，在海天間縱情翱翔，和天地融在一起。

這個意境，讓傅華想起了杜甫的名詩《旅夜思懷》中的一句話：「星垂平野闊，月湧大江流；飄飄何所似，天地一沙鷗。」內心湧起了漂泊無依、形只影單的感傷，剛剛放鬆下來的心情一下變得悲涼起來。

第三章

一時情迷

昨天是他情緒最低落的時候，謝紫閔恰好這個時候在他身邊，

他才會一時情迷，一發不可收拾。

他的婚姻狀況已經夠混亂了，現在謝紫閔讓事態更加複雜了起來，

他該如何去面對他的婚姻？下定決心跟鄭莉離婚嗎？

不知道過去多久，潮水已經漲滿，海水變得平靜了，天色也暗淡下來，傅華在石凳上坐得有點累了，一摸身上，手機也忘了帶，不禁失笑，搖了搖頭。

他站起來，活動了一下有點麻木的腿腳。正好一輛空的計程車開過來，便招手上車，回到了海川大酒店。

進房間，拿起手機看了看，有孫守義和謝紫閔的電話找他，傅華卻提不起勁，索性把手機關了，扔在一邊，躺在床上倒頭睡了過去。

咚咚咚，一陣急促的敲門聲傳來，傅華被驚醒了，他躺在床上，大腦有些恍惚，一時沒反應過來是怎麼回事。

這時，就聽謝紫閔在外面叫道：「傅華，我知道你在裏面，快開門，別躲著我。」

傅華睜開眼睛，房間裏光線很暗，原來已經天黑了。

他起床開了燈，打開房門，睡眼惺忪的看著謝紫閔，說：「出什麼事了？」

謝紫閔上下打量了一下傅華，說：「你還問我出了什麼事，你怎麼不接我電話啊？不會是因爲我跟你說了那番話，所以小氣的不想理我了吧？」

傅華讓謝紫閔進了屋，笑說：「那倒沒有啦，本來是想給你回個電話過去的，但是不知道怎麼了，特別的睏，所以就關機睡覺了。不光你的電話，我們領導的電話我也沒回。」

謝紫閔伸手搥了傅華一下，擔心地說：「你嚇死我了，我還以爲你想不開了呢。」

傅華笑笑說：「不會吧，我總是個男人，哪會那麼經不起打擊啊。沒事的。明天我就跟市領導彙報你的意思，然後買機票回北京。」

謝紫閔不禁埋怨說：「你還記得你是個男人啊？你沒看到你當時的臉色那個難看勁，好像雄獅集團不在海川投資，天就塌下來……」

謝紫閔的話說不下去了，因爲傅華突然伸手將她攬進了懷裏，用嘴堵住了她的嘴，用力地吻了起來。

謝紫閔愣了一下，沒想到傅華會突然這麼做，她本能的伸手想推開傅華，沒想到這一推倒惹起了傅華的蠻勁，傅華不顧她的反抗，反而更用力的用雙臂箍緊她，強勢的去挑開她的嘴，糾纏著她的香舌。

謝紫閔一向在男人面前表現的很冷傲，從來沒有哪個男人敢這麼對待她，便使勁地想要從傅華的懷抱中掙脫出去。

然而，現在的傅華已經到了某種情緒的邊緣，他想藉此改變自己。但他畢竟不是什麼登徒子，知道不該強迫謝紫閔，便嘆了口氣，放開了她。

謝紫閔的胳膊一被鬆開，抬手就給了傅華一個耳光，然後瞪著他說：「傅華，你想把你這段時間的失敗都發洩在我身上嗎？告訴你，我……」

傅華現在十分厭煩這些強勢的女人，不想再聽謝紫閔教訓，也不去跟謝紫閔爭辯，一把將謝紫閔拉了過來，直接把謝紫閔扔在床上，然後撲了過去，壓住謝紫閔，再次堵住了謝紫閔的嘴，深吻了起來，之後更從嘴唇轉移到謝紫閔的脖頸、雙耳……

謝紫閔在他身下不停扭動著想要掙脫，然而，隨著傅華親吻著她的敏感地帶，她的身體不再那麼排斥，開始嬌喘吁吁，也配合著回應起來。

傅華摸索著去解開謝紫閔的衣服，很快，謝紫閔就身無片履，傅華將雙手轉移到謝紫閔暴露在他眼底下的豐滿胴體，展開了進一步的猛烈攻勢。謝紫閔嚶嚀一聲，終於承受不了這種美妙的刺激，和傅華結合在一起。

一場暴風驟雨後，兩人都感受到一種無法言喻的快感。謝紫閔嬌喘吁吁的靠過來，依偎在傅華的懷裏，傅華伸過胳膊緊緊摟住謝紫閔還熾熱的身體，兩人就這樣抱著直到熟睡過去。

傅華覺得耳朵一陣巨疼，睜開眼睛，看到謝紫閔正咬著他的耳朵，眼睛凝視著他。傅華叫了聲：「好疼。」

謝紫閔鬆開嘴，嗔笑說：「我就是想要你疼，誰叫你這個壞蛋欺負我。」

傅華笑說：「誰欺負你了？你不是也很享受嗎？」

謝紫閔狠狠搥了傅華的胸膛一下，嬌嗔說：「去你的，誰很享受啊？我看你是把一肚子悶氣都發洩在我身上了吧。」

傅華說：「好啦，是我享受了行吧?謝謝你給了我從來沒有過的曼妙感覺。」

謝紫閔嗔道：「你還來打趣我?」

傅華將謝紫閔的身體攬進懷裏，抱緊了說：「我說的是真的，我昨晚真的感覺很好。」

謝紫閔被傅華一抱，身子一陣酥痲，就不再打鬧，乖乖的被傅華抱著，享受著這一刻。過了一會兒，謝紫閔抬頭看著傅華說：「傅華，如果雄獅集團的投資對你真的那麼重要，我就不把昨天的事跟總公司彙報了。」

傅華笑說：「你拿我當什麼了，牛郎嗎?被我這麼小小的服務了一下，你就被收買啦?」

謝紫閔哈哈大笑起來，說：「牛郎?哈哈，傅華，你可真夠逗的，話說你這個牛郎的技術可不是很好啊!」

傅華挑逗地說：「怎麼，你對我的服務不滿意嗎?要不要我再爲你服務一次，作爲補償啊?」說著，再次動手動腳起來。

謝紫閔趕緊告饒說：「好了好了，我被你折騰的骨頭都散了，你就饒了我吧。我剛才說的可是認真的，爲了你，我可以不把昨天的事彙報給公司的。」

傅華搖搖頭說：「紫閔，我知道你是爲了我好，不過，我可不想因爲我們之間的事，就影響你在工作上的判斷。如果你真的不想在海川投資，那無需勉強自己。吃完早餐後，我就去找孫副市長，告訴他我們要回北京了。」

謝紫閔看了一眼傅華，說：「你這麼說是認真的嗎？還是想試探我？」

傅華說：「當然是認真的，其實我也感覺海川市這次沒有展現出足夠的誠意出來，再加上昨天那件事，你不選擇海川也在情理之中。」

金達雖然出面爲謝紫閔接風洗塵，但是傅華卻感覺到金達並不十分熱情，似乎只是禮貌上的一種接待罷了，這跟他想要的那種效果差得很遠。

此外，他更不想謝紫閔是因爲他，才留在海川投資。現在兩人是一時激情，一旦謝紫閔恢復了理智，也許就會後悔做出這樣的決定了，這樣也會傷害到兩人間的感情。

至於自己爲什麼會這麼衝動地和謝紫閔跨越了友誼界限，他其實並不太清楚自己的情感，他是真的喜歡上了謝紫閔？還是單純爲了發洩一時的情欲？之後兩人又要以什麼方式相處呢？

昨天是他情緒最低落、最沮喪的時候，謝紫閔恰好這個時候在他身邊，他才會一時情迷，一發不可收拾。

他的婚姻狀況已經夠混亂了，現在謝紫閔的加入，讓事態更加複雜了起來，他該如何去面對他的婚姻？下定決心跟鄭莉離婚嗎？

正因爲這些種種複雜的因素，傅華不想讓謝紫閔立刻就做出決定。

謝紫閔並不瞭解傅華心中真正的想法，但她確實是因爲傅華，才勉強自己改變主意的，現在既然傅華說不需要，那她也就沒必要堅持那麼做了，於是說道：「如果這是你真實的想法的話，那你就去跟你們市領導彙報吧，然後我們回北京。」

談完公事，難解的私事又該如何處理呢？傅華難以啓齒地說：「紫閔，以後我們的關係，你認爲該怎麼辦呢？」

謝紫閔瞅了傅華一眼，反問道：「怎麼，你不想負責？」

傅華搖搖頭說：「不是，既然做了我就不會逃避的，但是我現在還有婚姻的束縛，有些事情還是需要跟你說清楚。」

「傅華，你不用那麼緊張，你不逃避問題我很高興，但是我不會逼你馬上做出什麼決定的。」謝紫閔帶著柔情說：「我知道你現在面臨的情況很複雜，要解決需要一些時間，所以你不用急著對我做出什麼承諾，這時候你就算做了承諾，也是因爲我們發生那件事，你感覺對我有所虧欠的關係，這並不是你真正的想法。說實話，現在就是你說要娶我，我也沒有心理準備要嫁給你的。」

傅華不禁看了一眼謝紫閔，這個女人的想法還真是很特別啊，一般的女生遇到這種事，通常都會又哭又鬧地要求對方要負起責任，否則就是始亂終棄、存心不良的負心漢，很少像她如此理智的。

謝紫閔笑笑說：「你不用看我了，可能是我們接受的教育不同的緣故吧，我所接受的教育一向強調男女只要兩情相悅，自然就會發生親密行爲，並不代表兩人就一定要有婚約的承諾。你知道，我也不是賢妻良母型的女人，目前更沒有要進入婚姻的想法。所以你不用把那件事看得太嚴重，就當做是我們滿足各自需求的遊戲好了。如果真的有一天，你沒有什麼牽掛，而我也想跟你走入婚姻的殿堂了，再來考慮嫁娶的問題吧。」

傅華心裏卻有些愧疚，說：「紫閔，你這麼說讓我心裡更不安了，昨晚我不該勉強你的。」

謝紫閔豪爽地笑了起來：「別傻了，傅華，你該感受到我不是沒有經驗的女人，如果我真的不願意的話，你以爲你真能勉強得了我嗎？女人也是會有情欲的需求的。」

傅華懷疑地說：「那你一開始還那麼抗拒我？我以爲……」

謝紫閔笑了，說：「傻瓜，女人總是要矜持一下的嘛。」

傅華的心情這才輕鬆下來，不再那麼有罪惡感了。兩人又磨蹭了一會兒，看看時間不早，這才起床。

一起吃過早餐後，謝紫閔回自己的房間休息去了，傅華則去市政府找孫守義。

孫守義看到傅華，便有點不高興地質問說：「傅華，昨天你怎麼回事啊？爲什麼不接我的電話？」

傅華老實地回說：「我當時心情不太好，所以就沒回您電話。您找我有事啊？」

孫守義說：「也沒什麼事啦，就是想問一下雄獅集團的情形。你怎麼了，爲什麼心情不好，出什麼事了嗎？」

傅華說：「還能出什麼事啊，自然是雄獅集團的事啦，因爲鋸樹事件，昨天謝紫閔說，她要重新考慮是否在海川投資的問題了。」

孫守義一聽，立即緊張起來，問道：「傅華，你沒跟她解釋，昨天的事只是突發事件，海川並不是經常這樣子的啊！」

傅華苦笑說：「當然解釋了，可是她不肯聽啊。您不清楚，謝紫閔剛到北京的時候，雄獅集團還特別雇請保鏢保護她的安全呢。這件事就發生在她眼前，自然會讓她產生疑慮，所以她決定終止考察，先回北京。」

孫守義著急地說：「什麼？」

傅華苦笑說：「爲了雄獅集團投資的事，我付出了很大的努力，好不容易把人拉到海川，卻出了這麼個鋸樹事件，眼看功虧一簣，現在謝紫閔已經準備買機票要回北京了，您看怎麼辦吧？」

孫守義趕忙問：「謝紫閔人在哪裡？」

傅華回說：「還在酒店呢。」

孫守義懊惱地說：「怎麼會出這種波折呢？不行，我要跟金市長彙報一下，看看他的意思如何。」

孫守義就撥了金達的電話，報告了謝紫閔想回北京的事。

金達也很著急，雄獅集團是呂紀要求他一定要爭取到的，如果沒辦成的話，呂紀對他會更不滿的。

金達便不高興的說：「怎麼會這個樣子呢？傅華有沒有跟雄獅集團的人好好解釋一下啊？」

傅華就坐在孫守義的對面，金達的話他聽得一清二楚，金達似乎認爲這件事出了岔子，又是他辦事不利的關係，不禁暗自搖頭。

孫守義立即說：「傅華就在我旁邊，他說已經跟雄獅集團的人作了解釋，但是謝紫閔根本就不聽，依然決定要回北京。」

金達詫異地說：「傅華在你旁邊？你讓他接電話。」

孫守義就把電話遞給傅華，傅華接了過來，說：「市長，您有什麼指示？」

金達下令說：「傅華，現在別的都不要說了，我要你想辦法儘量說服謝紫閔不要停止對海川的考察。」

傅華感到有些好笑，不知道是不是心境改變的原故，以前他當金達是朋友時，遇到這種狀況會比金達還要著急，但是現在他的想法不同了，他不但不著急，反而替金達感到可憐，他爲仕途所蒙蔽，滿腦子想的只有政績而已，其他的都不顧了。

傅華淡淡的說：「市長，我已經費很大的勁跟謝紫閔解釋了，但是她仍然不接受我的解釋，我也沒辦法。」

金達對傅華一副置身事外的態度非常不滿，責備說：「傅華，你這是什麼態度啊？什麼叫你也沒辦法？你這是對待工作的態度嗎？」

傅華依然平靜的說：「市長，對雄獅集團的投資，我想我的態度是很積極的，沒有我的爭取，雄獅集團根本就不會來海川考察。我已經盡了我這方面的努力，海川市卻沒有展現出應該給雄獅集團看到的那一面，因此責任並不在我。如果您想把雄獅集團留下來，恐怕要從別的人身上想辦法了，我是無能爲力了。」

金達被傅華的話嗆了回來，好半天說不出話來。他很想臭罵傅華一通，但是傅華是海川市跟雄獅集團之間聯繫最密切的一個人，如果罵了傅華，等於海川市就沒有別的辦法能把雄獅集團留下來了。

金達只得把肚子裏的怒火壓下去，強笑說：「傅華，我剛才是因爲著急，一時話說得有點過分。是啊，這件事情你是盡力了，市裏面也不能責怪你什麼，但是現在我們已經付出那麼多努力了，你總不會眼看著事情功虧一簣吧？」

傅華回說：「市長，我不是介意您的態度，實際上，努力到現在，我是最不想看到這件事失敗的人，但是，我確實做不通這個工作了，要不您出面試試，看看能不能挽留他們？」

金達遲疑了一下，他跟雄獅集團並沒有太多的往來，如果連傅華都無法挽留，那他就更沒戲了。但是他身爲市長，不出面做些挽留的工作似乎也不應該，於是說道：

「我出面啊？行啊，那你趕緊先回酒店，讓雄獅集團的人先不要急著回北京，我安排一下手頭的工作，馬上就過去跟他們談。」

傅華答應道：「好，我馬上回去。」

金達掛了電話，傅華把電話還給孫守義。

孫守義忍不住又再對傅華強調了一次：

「傅華，這件事對我們市裏真的很重要，鄧省長最近才提出打造黃金海岸，建設東北亞國際貿易中心區的發展戰略，如果能把雄獅集團留在海川，就有助於讓海川成爲這個戰略的中心。所以務必要促成才行。」

傅華很無奈地說：「副市長，您是不是也太把我當回事了？在這件事情上，我應該是最沒有決定權的一個人，我也很想把雄獅集團留在海川啊，可是這又由不得我。」

孫守義頗有深意的看了看傅華，他總覺得傅華的表現跟以往有了很大的變化，雖然傅華一直說他在盡力爭取，但是孫守義卻感覺他對這件事興致不是太高，傅華是被人捅傷後元氣未復，還是因爲不滿金達前段時間那麼對他才這樣的呢？

一時之間，孫守義也很難搞清楚傅華這麼做的真正原因，只好說：「好吧，我知道了，你趕緊回酒店，跟謝紫閔說金市長要見他們。」

傅華說：「行，我馬上去做這個工作。」

回到酒店，傅華找到了謝紫閔。

謝紫閔好奇地問說：「你們領導怎麼說？」

傅華說：「還能怎麼說啊，當然是盡力挽留你們啦，一會兒金達會過來跟你們談的。」

謝紫閔看了看傅華，說：「傅華，你還堅持同意我離開海川嗎？」

傅華正色說：「紫閔，我的意思很簡單，如果你是爲了我，勉強改變主意，我會不高興的；但如果你覺得海川值得你留下，那就留下。」

謝紫閔想了想說：「那就算了，海川總給我一種不安全的感覺。」

傅華笑說：「謝謝你堅持你原來的主張，否則我真的會覺得好像我是用昨晚來跟你換取什麼一樣。那會讓我渾身都不自在的。」

謝紫閔忍不住搥了傅華一拳，罵說：「切，你老拿這個說事，煩不煩啊。」

等了一個多小時之後，金達和孫守義一起來到了酒店。

謝紫閔看到他們，立即歉意的說：「金市長、孫副市長，真是很抱歉，雄獅集團不能繼續考察行程了，原因我想傅主任肯定跟你們講了吧？」

金達點點頭說：「是的，謝總裁，傅主任跟我們彙報了。我覺得你可能對昨天發生的事有點誤會，所以我覺得有必要專程來跟你解釋一下。昨天的群眾事件只是偶發事件，並不是經常發生的。」

謝紫閔笑笑說：「金市長，這些傅主任都跟我解釋過了。不過，這個解釋並不能讓人信服。我們雄獅集團選擇投資有一個原則，就是選擇的投資地點必須政局穩定、社會秩序良好，我們不想把更多的精力耗費在經營之外的地方，所以還請您諒解，在發生昨天那樣的事件後，我無法再把投資發在海川了，我們總公司也不會同意我這麼做的。」

謝紫閔一句話就把路給封死了，顯示了她不想把投資放在海川的決心，也讓金達和孫守義沒辦法繼續勸說下去了，金達只好苦笑著說：

「謝總裁，你就不能再考慮一下？」

謝紫閔搖了搖頭，說：「金市長，本來我來海川就是來考察的，並沒有確定要把投資放在海川，所以對貴市來說，也不構成什麼損失。別的話您不用說了，我在此謝謝您這幾天的招待。」

見事情無法轉圜，金達和孫守義都覺得有些無趣。

金達見留不住謝紫閔，就說：「謝總裁不要這麼客氣，您總是給了我們海川機會，我們做些招待工作也是應該的。那你準備什麼時候離開啊？」

謝紫閔說：「我已經訂好下午的機票了。」

金達說：「那中午我們一起坐坐，給你送行。」

金達不甘心就此放棄，仍想借著送行的機會看看能不能扭轉劣勢。

謝紫閔卻不打算給金達這個機會，婉拒說：

「金市長，送行就不必了吧?這種情形下，大家都很尷尬，我也不知道在酒宴上還能跟您說些什麼，所以我們是不是兩便就好?」

金達看謝紫閔直接拒絕了送行的請求，他也沒什麼好招術能將謝紫閔留下來了，再糾纏下去，恐怕謝紫閔會對他們更生反感的，只好說：

「謝總裁不愧是女強人啊，乾脆俐落，一點都不拖泥帶水。行，既然你這麼說，那我們就兩便吧。」

於是金達和孫守義分別跟謝紫閔握了握手，離開了謝紫閔的房間。

傅華跟在他們後面，出了酒店，傅華便對金達說：「市長，如果沒什麼事的話，我也回北京了。」

金達瞅了傅華一眼，他對傅華剛才的表現很是不滿意，傅華剛才一句話都沒幫著勸說謝紫閔，根本就是採取一種壁上觀的態度，似乎是在看他的笑話一樣，便沒好氣的說：「行啊，你回北京吧。」

金達便氣沖沖地和孫守義坐車回市政府去了。

車上，金達眉頭一直深鎖著，好半天都沒說話。孫守義知道金達不高興，有心想勸慰一下，可是也沒有什麼好辦法能扭轉目前的局面，只好也保持沉默。

過了一會兒，金達突然抬起頭對孫守義說：「老孫啊，你有沒有覺得傅華這個駐京辦主任做的越來越不稱職了？」

金達這句話讓孫守義心頭一驚，原本他以爲金達眉頭深鎖，是在想如何解決雄獅集團的事呢，誰知道金達竟然是在研究怎麼對付傅華！難道他想換掉傅華？

剛才金達和傅華通話的時候，孫守義就注意到傅華的冷淡，他隱約覺得傅華這樣有點過分了，不管怎麼說，金達總是上司，禮貌上該保持一個謙卑的態度。但是，這並不能構成換掉傅華的理由。

孫守義認爲這時候撤換傅華是很不智的，對傅華來說，換不換掉這個職務，並不構成什麼太大的傷害。一直以來，傅華對這個駐京辦主任的職務都是抱持著一種可有可無的態度。換掉他，反而會讓他義無反顧的去更好的地方發展。

反過來說，這麼做對金達卻是很不利的。事情沒辦成功，是因爲鋸樹事件的關係，責任並不在傅華，如果只爲了一點點的意氣之爭，就抹煞傅華作出的貢獻，故意找機會報復傅華，那只會給外面的人造成一種惡劣的印象。

同時，傅華在海川政壇上素來名聲不錯，人脈也廣，特別是在金達和莫克的政治鬥爭愈演愈烈的前提下，金達這麼做等於是自斷其臂。加上鄧子峰公開的表達過對傅華的欣賞，如果金達這時候對傅華做了什麼，很難說鄧子峰和曲煒，甚至曲煒身後的呂紀會不會站出來幫傅華說句公道話。那時，受傷害的還是金達。

孫守義便對金達說：「市長，我覺得雄獅集團這件事不能怪傅華不盡力。」

金達說：「我不是說這件事，而是最近一連串的事，傅華的表現都不盡如人意。」

金達這麼說明顯是有點欲加之罪的意思了，孫守義便看了看金達，說：「那市長的意思是想拿傅華怎麼辦呢？」

金達一時語塞了，不滿歸不滿，他也不知道該拿傅華如何是好。就算他想要換掉傅華，也得經過人事部門的任免，而非他說了算。

金達就有些氣結，冷冷地說：「老孫，我不是想拿傅華怎麼樣，我只是覺得最近他的工作做的確實不夠好。你找個時間說說他，老這樣拿工作不當回事，會讓其他同志有意見的。」

孫守義心想：對傅華有意見的是你吧？便隨口應道：「行，回頭我說說他。」

下午，傅華和謝紫閔一行人返回了北京。由於還有其他隨行人員，兩人在飛機上並沒有表現的很親密。

到了首都機場，傅華找了個沒人注意的空檔問謝紫閔：「晚上準備做什麼？」

謝紫閔說：「我今天很累了，當然是要好好睡一覺啦，你可別來騷擾我啊。」

傅華笑說：「行，那你好好休息吧。」

一行人便分別坐車離開了機場。

傅華坐上駐京辦派來的車，上車後，他開了手機，馬上就有電話打了進來，居然是外貿集團的魯朝陽。

傅華接了電話，說：「魯董，找我有事啊？」

魯朝陽埋怨地說：「傅主任，你有些不夠意思啊，怎麼雄獅集團中斷考察了，你也不跟我說一聲啊？」

傅華知道魯朝陽對雄獅集團抱持很大的期待，便笑笑說：

「不好意思啊，魯董，因為鋸樹事件的影響，雄獅集團突然改變了行程，所以沒跟您說。怎麼，您還有事嗎？」

魯朝陽遺憾地說：「唉，你跟我說一聲就好了，起碼讓我想想辦法挽留他們一下。」

傅華說：「沒用的，魯董，金市長都出面了，人家還是不肯留下來。」

魯朝陽惋惜地說：「錯過了跟這種國際大公司合作的機會真是很可惜啊，傅主任，您能不能幫我老魯一個忙啊？」

傅華趕忙說：「魯董客氣了，要我做什麼，您說就是了。」

魯朝陽說：「我知道你跟雄獅集團關係不錯，您能不能幫我引見一下，讓我跟他們再接觸一次。大好的機會就這麼錯過，我有些不甘心啊。」

傅華遲疑了一下，說：「魯董，我是能想辦法幫您安排，但是問題的根源不在你們公司，而是雄獅集團擔心海川的地方治安不夠穩定。恐怕您見了他們，也不能改變什麼的。」

魯朝陽聽了嘆說：「哎呀，原本我們公司做了很充分的準備，想要跟雄獅集團好好合作一次的。」

傅華無奈地說：「現在這個狀況還真是沒辦法啊，魯董。」

魯朝陽不死心地說：「你幫我再想想辦法吧，傅主任不是一向都很有辦法的嘛？」

傅華笑說：「魯董啊，我也很想幫您，但是確實是愛莫能助啊。」

魯朝陽說：「你先別急著回絕我，這件事不能就這麼算了，您動動腦筋幫我想個辦法吧，我會很感激您的。」

傅華無奈地說：「現在我真是沒有什麼好辦法，頂多安排你們見見面而已。」

魯朝陽考慮了一下說：「就這麼見面也沒什麼用啊，等我想想吧，看看該怎麼做比較好。」

魯朝陽就掛了電話。

傅華剛想把手機收起來，手機卻再次響了起來，這回是曲煒的電話。

傅華不敢怠慢，趕緊接通了，說：「市長，您不會也是爲了雄獅集團中斷考察的事才打電話來的吧？」

曲煒笑說：「被你猜中了，怎麼回事啊，不是進展得挺順利的嗎？怎麼他們突然終止考察了呢？」

傅華嘆說：「本來是很順利，結果發生了鋸樹事件，一些市民包圍了市政府，讓雄獅集團的人感到很不安，認爲海川的治安不好，所以打了退堂鼓。」

曲煒聽了說：「那有沒有辦法挽回呢？」

傅華說：「很難，金市長都出面挽留過了，還是不行。」

曲煒說：「金達挽留的情況我知道，他向呂紀書記彙報了，呂紀書記認爲這件事十分可惜，所以讓我打電話問問你，有沒有什麼辦法改變雄獅集團的決定。」

原來金達在確定無法挽留雄獅集團後，馬上就打電話給呂紀報告了這個情況。

傅華沒想到曲煒打這個電話是呂紀授意的，十分意外，呂紀竟然這麼重視這件事，那等下他會不會接到鄧子峰的電話呢？鄧子峰對這件事可是更重視的啊。

傅華爲難地說：「市長，問題不是出在我這裏啊，您讓我想辦法，我怎麼想啊？」

曲煒說：「問題不是出在你那裏，那是出在什麼地方呢？難道僅僅因爲一個鋸樹事件的出現，雄獅集團就改變了主張嗎？」

傅華說：「其實根源也不在鋸樹事件上，那只不過是個引子罷了。」

曲煒詫異地說：「那你說究竟問題出在哪裡？」

傅華遲疑了一下，說：「市長，這個我不太好說，我不好去評價領導的錯與對。」

曲煒有點不高興地說：「傅華，你什麼時候跟我也吞吞吐吐了，趕緊說問題出在哪裡！」

傅華便如實地說：「我覺得市領導們對這件事的準備工作做得不夠。您應該知道，像這種招商引資的工作，把客商帶到海川，只不過是第一步，想真正的把客商留在海川，必須拿出能夠吸引他們的條件。如果我們能拿出吸引他們的條件，別說一個鋸樹事件了，就是再壞十倍的情形，客商也不會離開海川的。」

曲煒聽了說：「你的意思是金達對這件事不夠重視？」

「我可不敢那麼說。市長，我很懷念當初和您在市裏工作的那些時光，您還記得融宏集團的陳徹嗎？」傅華問道。

曲煒笑說：「當然記得了，那麼大的老闆，我就是想忘也忘不掉的。」

傅華笑笑說：「那您一定記得當初陳徹根本不想來海川，是您追到廣州去，把我們市裏面能給他提供的優惠條件都擺在他面前，這才讓陳徹動心來海川的。」

傅華提起這件事的意思，是想讓曲煒自己去比較一下，相較於曲煒當初的舉動，金達這次對雄獅集團所做的準備工作，就顯得薄弱很多了。

他這麼說，其實也是變相在告金達的狀，他都把前置工作做好了，雄獅集團的人也被他帶到了海川。海川自己再留不住人，那就是市政府的責任了。呂紀如果想要追究這件事，只能歸咎在金達身上，而不是他傅華的問題。

曲煒愣了一下，他沒想到傅華會直接把矛頭對準金達，不禁問說：「傅華，你是不是最近跟金達產生什麼矛盾了？」

傅華笑了起來，說：「市長，我說我不去評論領導的對錯吧，您非讓我說不可；我說了，您又覺得我是在針對金市長。我不是在針對他，純是就事論事而已。我說兩點，您就會知道這次確實是市政府方面做得不夠好了。」

曲煒說：「哪兩點？」

傅華說：「第一點，雖然發生了鋸樹時間，群眾包圍了市政府，但是處理得當的話，是可以不讓雄獅集團的人知道的，當天的行程完全可以繼續，但是市政府不但中止了雄獅集團的考察行程，相關的領導還全都跑去處理鋸樹事件，把雄獅集團晾在了一邊。您說，如果您是市長，您會這麼處理這件事嗎？」

曲煒沒有回答這個問題，問道：「那第二點呢？」

「第二點是，市政府對雄獅集團的到來根本就準備不足，並沒有針對雄獅集團的需求拿出一個很好的方案來，因爲工作做的流於形式，才會一出問題，雄獅集團就馬上終止考察。所以我認爲目前這個狀況也怪不得別人，根本就是市領導對雄獅集團不夠重視的問題。」傅華分析道。

傅華這番話算是說的很重了，他把責任完全歸結到金達的身上，曲煒對此也不好說什麼，他認爲傅華說的不無道理，但是如果認同傅華的說法，就等於是打金達的臉。

曲煒只好含糊的笑笑說：「原來是這樣啊。」

傅華又說：「市長，也就是在您面前我才這麼實話實說的，這些話如果讓我們的市領導知道的話，我就很難做了，所以這些話說過就算了，您千萬不要再跟別人說。」

傅華這話等於是說金達沒有雅量接受這些批評，這讓曲煒躊躇了一下，他是奉命來詢問傅華的，必須跟呂紀回報才行。曲煒想了想說：

「傅華，呂紀書記對這件事很重視，我必須跟他回報。這樣吧，我會儘量委婉地把你的意思轉達給他的，這總可以吧？」

傅華聳了聳肩說：「您斟酌著看吧。我無所謂了，反正現在海川市的領導們看我也不怎麼順眼。」

曲煒聽了，不禁問道：「你爲什麼這麼說啊?是不是金達對你有什麼不滿啊?」

傅華訴苦說：「這次雄獅集團終止考察，讓他對我很有看法，他覺得是我沒有把事情做好，才導致這個結果的。」

聽傅華這麼說，曲煒也有些生氣了，他覺得金達有點太過分了，不管怎麼說，傅華是他帶出來的兵，金達這樣似乎是有不給他面子的意味。

曲煒氣憤地說：「這個金達怎麼會這樣子呢，你把雄獅集團帶到了海川，你的責任就盡到了，他沒有把雄獅集團留在海川，那是他的失職。傅華，你不用怕他，這件事我來處理吧，我會把情況跟呂紀書記照實反映，看看呂紀書記怎麼評價他。」

曲煒似乎又恢復了當初他做海川市長時那種強硬的作風，讓傅華感覺有點恍惚，不禁感慨說：「市長，您這麼說，讓我就像回到當年在您身邊做秘書的歲月了。我好久沒聽您這麼講話了，真是令人懷念啊。」

得下去。」

曲煒也笑了，說：「是啊。」

傅華便說：「市長，算了，您不用管我了，犯不著爲了我去得罪金達，這點氣我還忍得下去。」

曲煒能諒解傅華的處境，說：「傅華，你也不要覺得難做了，放心吧，我知道怎麼處理這件事的。」

曲煒頓了一下又說：「金達的事情我來處理，你就幫我想想怎麼樣才能把雄獅集團重新拉回海川去吧。」

傅華聽了，說：「解鈴還須繫鈴人，如果市裏真的想讓雄獅集團回到海川，他們應該能想出辦法來的。我只能起到一個仲介的作用，無法決定什麼的。」

曲煒便說：「那行，我就讓金達自己去想辦法好了。」

聽曲煒這麼說，傅華笑了，他知道曲煒一定會透過呂紀對金達施壓的，這足夠讓金達喝上一壺的了，他心裏不由得泛起了一陣出了氣的愜意。

第四章

解鈴還須繫鈴人

呂紀想想說：「是啊，解鈴還須繫鈴人，看來要逼一下金達這傢伙了。我都那麼提醒他，雄獅集團對我們東海省的經濟發展有多重要了，他還是沒有自覺，真不知道他在想什麼？回頭我得跟金達好好談一談了。」

果然，結束跟傅華的通話後，曲煒就去找呂紀，報告說：「書記，我剛才跟傅華瞭解了一下雄獅集團的情況。」

呂紀說：「傅華怎麼說？」

曲煒說：「傅華說得很含糊，畢竟牽涉到的海川市政府是他的上級機關，他不好講什麼話。」

呂紀愣了一下，說：「傅華跟金達的關係不是很好嗎？怎麼會不敢講呢？」

曲煒回說：「他們的關係以前是很不錯，不過畢竟金達是領導，有些話他講了，恐怕不太適合。」

呂紀臉色凝重了起來，說：「老曲，你的意思是不是金達聽不進不同的意見？」

曲煒委婉地說：「這倒不是，只是我感覺傅華並不願意講領導的對錯。」

呂紀聽了說：「那還是他無法在金達面前自由表達自己的意見才會這樣的，這個金達也是的，如果連做朋友的都無法在他面前表達真實想法，那他的官威可是夠大的了。這個先別管了，傅華究竟說沒說雄獅集團終止考察的真正原因啊？」

曲煒點點頭說：「他是說了一些，不過，他要求我不要把他的看法跟別人說；似乎這次雄獅集團中斷考察，金市長認為傅華有很大的責任。」

呂紀惱火地說：「金達怎麼會這麼想呢，傅華不過是個駐京辦的主任，把雄獅集團帶到海川考察，他的責任就算盡到了，金達要傅華負什麼責啊？難不成他想讓傅華連市長的事也幫他做完嗎？真是胡鬧。」

曲煒趕忙勸說：「呂書記，您別生氣，可能金市長是覺得傅華沒有盡力將雄獅集團留下來才會這麼想的。不過，傅華卻認爲海川市這次的準備工作做得不夠充分，並沒有拿出非常有吸引力的方案出來，才會導致鋸樹事件一發生，雄獅集團立刻就心生退意了。」

呂紀點點頭說：「嗯，這才是問題的關鍵所在，如果能拿出吸引對方的籌碼來，一點小紛爭是影響不到對方的。哎，說到底還是金達做得不夠好。老曲啊，傅華有沒有說這件事能不能挽回啊？」

曲煒說：「傅華說他沒有辦法，解鈴還須繫鈴人，要想挽回，恐怕還是得海川市政府拿出誠意來吧。」

呂紀想想說：「是啊，解鈴還須繫鈴人，看來要逼一下金達這傢伙了。我都那麼提醒他，雄獅集團對我們東海省的經濟發展有多重要了，他還是沒有自覺，真不知道他在想什麼，回頭我得跟金達好好談一談了。」

傅華跟曲煒結束通話之後，打給了謝紫閔。

謝紫閔接了電話，開玩笑說：「不會才這麼一會兒時間就想我了吧？」

傅華笑笑說：「怎麼不會，你不知道，你現在可是一個熱門人物啊。」

謝紫閔聽了說：「我怎麼熱門起來了？不會是你們領導電話追了過來，想要你繼續挽留我們雄獅集團吧？」

傅華讚嘆道：「居然被你一說就中，你不去擺攤算命真是可惜了。不過這次想要挽留你們的，不是海川市的領導，而是東海省的省委書記呂紀，這個分量可不輕啊。」

謝紫閔笑說：「你這句話什麼意思啊，想要我改變主意？跟你說，我可不會因爲哪個領導隨便的一句話就改變主意的。」

傅華說：「我不是那個意思，我跟你說這件事，是想告訴你，省委書記既然發話了，接下來肯定會有一波對你們的挽留攻勢，你做好接招的準備吧。」

謝紫閔老神在在地說：「沒問題，來吧，我倒要看看他們能使出什麼招數來。」

傅華提醒她說：「紫閔，如果他們真的拿出了讓你心動的方案來，你會不會改變心意，把投資放在海川啊？」

謝紫閔頓了一下，說：「你的意思是？」

傅華解釋說：「鋸樹事件畢竟只是一個突發狀況，並非常態。我希望如果他們真的拿出讓你心動的方案來，你就不要固執己見了。」

謝紫閔笑笑說：「那也要他們先拿出很好的方案來才行啊。」

傅華聽謝紫閔的口氣鬆動了，知道還是有一絲的可能性，就笑笑說：「那行，你就等著看吧。」

齊州，省委書記呂紀的辦公室。

金達被呂紀從海川專門叫了上來，一進門，呂紀就說：「秀才啊，不知道你對鄧省長最近提出的那個打造黃金海岸、建設東北亞國際貿易中心區這個戰略思路怎麼看啊？」

金達回說：「我認為很好啊，很符合我們東海省目前經濟發展的方向，這也是您當初提出來的藍色經濟的加強方案。」

呂紀看了金達一眼，搖搖頭說：「秀才，你的官話真是說得越來越溜了，張口就來，連草稿都不用打，是不是你現在很適應這種講官話的生活了？」

金達聽出呂紀是在諷刺他，臉紅了一下說：「不是的，書記，我真是這麼想的。」

呂紀反問說：「你真是這麼想的？那你告訴我，既然你這麼想，為什麼對雄獅集團來考察的事那麼不重視啊？你應該知道，雄獅集團是國際知名的進出口貿易公司，如果能將他們引進，對你們海川也好，對東海省也好，都有很大的助力的。」

金達辯解說：「不是的，呂書記，雄獅集團之所以中斷考察，是因為發生了鋸樹事件。」

呂紀看了看金達，說：「你真是這麼認爲的嗎？你認爲是這件事讓雄獅集團中斷了考察？」

金達不明所以地回說：「是啊，如果不是因爲這個，那是爲什麼呢？」

呂紀笑說：「你這是在質問我嗎？」

金達尷尬的說：「不是的書記，我哪敢質問您啊？我是說應該沒有別的原因的。」

呂紀說：「秀才啊，雄獅集團都已經回北京了，你始終還沒搞清楚根本原因是什麼，只把它歸究爲突發事件的關係嗎？」

金達不解呂紀爲什麼會這麼責問他，更不清楚雄獅集團的事他究竟做錯了什麼，納悶地看了看呂紀。

呂紀說：「你不用看我，你是不是到現在都認爲自己沒做錯什麼啊？」

金達一臉疑惑地說：「書記，我真的不知道自己做錯了什麼，您告訴我吧，我究竟做錯了什麼？」

呂紀嘆了口氣，說：「秀才啊，你真是官做的大了，連自己做錯什麼都不知道了啊。行，我就告訴你。你先說說，這次雄獅集團去海川考察，你們做了什麼準備工作？」

金達不加思索地回說：「準備工作很充分啊，安排他們去看了外貿集團一塊近海的土地，這樣他們無論是要自建還是跟人合作都可以的。」

呂紀問說：「這就是你做的準備工作？」

金達點頭說：「是啊，難道這有什麼問題嗎？」

呂紀說：「沒問題，你這麼做並沒有錯，但是你告訴我，這個方案有什麼地方會特別吸引雄獅集團的？讓他們一看就會選擇你們海川？」

金達有點語塞地說：「這個，是沒什麼特別的，不過能滿足他們的需求不就行了嗎？」

呂紀忍不住搖搖頭，教訓說：

「你覺得能滿足他們的要求就可以了，但是你想沒想過，現在每個地方都在招商，這種同質化的東西太多了，對像雄獅集團這樣的大公司來說，平凡無奇的方案是遠遠不夠的，所以只要出點小變故，他們馬上就想放棄海川了。秀才啊，你也做了這麼久的市長了，招商引資的工作也算做得不少，難道連這一點你都看不出來嗎？如果你連這個都看不出來，那我只能說你的眼光真是夠差勁了。」

金達頭低了下來，不敢再說什麼，呂紀的責備確實很有道理，他拿不出什麼理由爲自己爭辯。

呂紀接著說道：「秀才，你是不是覺得你這個市長很了不起啊？」

金達趕忙擺擺手說：「沒有，我從沒有這麼想過的。」

呂紀卻質疑說：「不是吧？雄獅集團中斷考察後，我讓曲煒秘書長去問你們海川駐京辦的傅華是什麼原因，結果他面對曲煒，卻是這個不敢說，那個不敢講的，言語中似乎對你頗多畏懼之意，這是怎麼回事啊？是他做錯事，還是你的官威太厲害了，讓他連話都不敢講了？」

金達聽了十分火大，一向以來都是傅華給他臉色看，他卻在曲煒面前裝得一副畏懼他的樣子，好像是他在打壓傅華一樣，這怎能不讓他氣惱？於是趕忙說：

「書記，您不瞭解情況，這個傅華同志做事陰一套陽一套的，我什麼時候不讓他講話啦？明明是他沒把事情做好的。」

呂紀看了金達一眼，說：「哦，你的意思是，這件事責任在傅華了？那你告訴我，他錯在什麼地方？」

金達立刻說：「這次雄獅集團中斷考察，傅華應該想辦法將他們留下來的，他跟雄獅集團的人那麼熟，一定知道怎麼安撫他們，偏偏他什麼都不做，我去勸說的時候，他還作壁上觀，一副置身事外的樣子，簡直是豈有此理。」

呂紀很意外金達會這麼說，眼前的金達快要讓他看不透了，他不去主動承認錯誤也就罷了，還把責任推卸到別人身上，這簡直是一個官油子的典型作風：遇事推諉，不肯擔責。

呂紀十分失望，原本金達不是這個樣子的啊，以前他充滿理想，敢於承擔責任，十分有自己的想法，更敢於堅持自己，甚至敢直指當時的頂頭上司徐正的不是。

然而，不知道從什麼時候開始，金達變得油氣了起來，渾身充滿了腐敗的官僚氣息。照這樣子下去的話，那將來他有沒有能力做好海川市的市委書記，他必須認真思考一下了。

他已經用錯了一個莫克，如果再用錯金達，那可就讓海川政壇的人看他的大笑話了。

呂紀便很不高興的說：「那你覺得傅華需要幫你做到什麼程度，你才滿意呢？是不是要他幫你把市長的工作也做了啊？」

金達沒想到呂紀會這麼說，愣了一下，趕忙說：「不是的，我是覺得他有些地方很不認真，但是……」

「不用但是了，」呂紀打斷了金達的話，說：「作爲駐京辦主任，招商引資固然是他的職責之一，但是他把有投資想法的客商帶到海川來，我想應該已經算盡到他這部分的責任了；接待好來考察的客商是你們海川市的責任，你無法吸引住客商在海川投資，是你的工作做得不夠好吧？連這個你都要去怪傅華，難怪他不敢在曲煒面前講什麼話了。」

呂紀這話說得十分不客氣，金達臉上紅一陣白一陣的，不敢再爲自己辯駁了。

呂紀恨鐵不成鋼地說：「秀才，你什麼時候變成這樣了，自己不敢承擔錯誤，卻把責任往下屬身上推？你這個市長做得真是越來越像樣啦，別的沒什麼長進，官場上一些壞習氣你倒是沾染了不少。你是不是覺得有了海洋科技園，你的市長寶座就很穩了，就可以做事這麼敷衍了？」

呂紀越說越不客氣了，金達手足無措，臉上冷汗直流，被訓斥的啞口無言。

呂紀冷笑一聲說：「說話啊？你剛才不是挺理直氣壯的嗎？怎麼不找理由爲自己辯解了呢？」

金達只好低聲下氣地說：「書記，我認識到自己的錯誤了，我會加以改正的。」

呂紀搖搖頭，語重心長地說：

「秀才啊，你跟傅華的事我多少也知道一點，你們本來是關係不錯的啊，怎麼會搞成現在這個樣子呢？你是市長不假，職位比他高也不錯，但是你要懂得，如果沒有那些真心實意幫你做事的下屬們對你的支持，你就算是坐上了這個職位，恐怕也是坐不穩的。像傅華這種能幫你解決問題的幹部是很難遇上的，你應該珍惜，要懂得尊重你的下屬，不要覺得他是受你領導，你就可以擺架子給他看。」

金達趕忙否認說：「我沒有擺架子給他看，真的，書記。」

呂紀看金達還是沒有真正徹悟自己的問題在哪裡，就說：「秀才，你沒擺架子給人家看，那他怎麼會這麼畏懼你呢？我想你到現在都還沒搞清楚你跟傅華之間究竟是怎樣的一種關係吧？」

金達結巴地說：「這個……」

呂紀說：「你是想說你們是上下級的關係是吧？不錯，他是你的下級，但是，你們之間又並不是簡單的上下級關係。實際上，你是得益更多的那一個，很多方面你需要依賴傅華幫你把事情做好，而他需要求到你的地方並不多。這你不否認吧？」

金達點點頭說：「這個我不否認。」

呂紀分析說：「既然你知道這一點，就應該明白，他並不怕你是什麼市長，更不會擔心你整掉他的職務。傅華對官位並沒有太多的依戀，離開駐京辦，他可能會有更好的發展，據曲秘書長說，這次雄獅集團本來是想挖他跳槽的。對這種下屬，你擺架子給人家看有用嗎？除了讓他對你心生厭惡之外，我看沒別的用處。」

說到這裏，呂紀有些懷疑的說：「秀才，你該不會是想把傅華趕出海川駐京辦吧？」

金達的確有這種想法，卻不敢在呂紀面前承認，忙否認說：「那倒沒有，我只是覺得他這次的工作做得不太好，所以才有點不高興。」

呂紀搖搖頭，說：「你有點不高興，你不高興就可以把氣撒到傅華身上嗎？秀才啊，別說你只是一個市長，就連我這個省委書記，對下面的同志也是能尊重都儘量尊重的，你有什麼本錢去甩臉色給下面的同志看啊？」

金達的頭垂得更低了，惶恐的說：「我錯了，呂書記。」

呂紀又諄諄告誡說：「秀才啊，我不知道你注意到沒有，在中國政壇上，往往是級別越低的官員對待屬下的態度越是傲慢，反而級別越高的官員越懂得謙卑爲懷，一點架子都沒有。你知道這是爲什麼嗎？因爲越是級別高的領導，越不需要靠擺架子甩臉色來證明他的官有多大。秀才啊，如果你只是把自己定位爲一個低階的官員，那你就繼續擺你的架子好了；但是你如果想格局更大，那你就要好好想想，今後該如何去做了。」

金達認真地思索了一下後，說：「呂書記，您教訓的是，我知道我錯在什麼地方了。今後我一定端正自己的思想，改正作風，不再自以爲是了。」

呂紀心說你總算還有點自省的能力，便說：「希望你能說到做到。再來就是雄獅集團的事不能就這麼結束了，你回去給我想辦法，務必要把雄獅集團拉回來。如果你做不到這一點，我和你都會很被動的。」

鄧子峰爲了打造黃金海岸，建設東北亞國際貿易中心區的想法，已經做了不少前期的準備工作，金達如果能將雄獅集團留在海川，那對鄧子峰和呂紀將是一件兩好合一好的好事；反之，如果金達失敗了，那受傷害的就是呂紀和金達了，因爲這顯示出是金達辦事能力的差勁所致。這不但影響到東海省政壇上對金達本身的評價，連呂紀也會臉上無光。

此外，如果雄獅集團選擇了別的城市，那個城市將會成爲東海省經濟發展的重點城市，鄧子峰便可借此在東海省建立起威信來，原本是東海省重鎮的海川地位則會被壓低，這可不是呂紀願意看到的，所以他才對雄獅集團這件事這麼重視。

金達趕忙說：「好的，我回去馬上就研究一下，一定想辦法把雄獅集團給請回來。」

呂紀又問：「鋸樹那件事查得怎麼樣了，你們有沒有掌握到什麼線索啊？」

金達說：「公安局掌握了一點線索，查到一個可能參與鋸樹的民工，不過這個民工在事發後就離開了海川，目前去向不明。」

呂紀強調說：「有了線索就不要放過，不管怎麼做，一定要把這個人給找出來。鋸樹的事實在是太可惡了，如果沒有這件事，後續就不會發生這麼多枝節了。秀才啊，這兩件事對你的未來可都是很關鍵的，萬一處理不好，對你影響很大，要怎麼做，你自己去斟酌吧。」

北京，晚上，謝紫閔的住處。

休息了一天的謝紫閔顯得精神了很多，紅潤的臉蛋顯得格外的嬌豔，她看著坐在對面的傅華說：「想喝點什麼？」

傅華笑笑說：「隨便吧，紫閔，你這裏的環境不錯啊。」

謝紫閔的住處裝修得很豪華，一看就不是薪水階級能夠買得起的那種。

謝紫閔笑笑說：「這是公司買的，作爲雄獅集團總裁的宿舍。」

謝紫閔說著，遞了杯紅酒給傅華，傅華接了過去。

謝紫閔說：「我一個人的時候，很喜歡喝點紅酒。不知道你怎麼樣？」

傅華說：「我也很喜歡，不過，你確實是一個人喝嗎？」

謝紫閔笑了起來，說：「你說呢？」

傅華猜說：「應該不是吧？你這麼優秀，應該很多男人對你趨之若鶩才對。」

謝紫閔搖了搖頭，嘆說：「你搞錯了，你們這些男人啊，都很膽小，對我這種個性強悍的女人都是敬而遠之的。你不就是這樣嗎？那天你要不是情緒壞到了一個極點，什麼都不管不顧了，你敢對我那樣嗎？」

傅華尷尬的笑了一下，說：「是啊，那天要不是那樣，我是絕不敢主動進攻的，你知道優秀的女人總是讓男人心存畏懼的。」

謝紫閔說：「是啊，不管是優秀還是不優秀的男人，大都喜歡小鳥依人型的女人。偏偏我就不喜歡依靠男人，我喜歡主動進攻，能夠征服我的男人。」

傅華反問道：「我那天算不算征服你了呢？」

謝紫閔笑了起來，說：「算是吧，你那天很有侵略性，很有男人的氣概，讓我即使是在被你強迫的情形下，也忍不住怦然心動了。」

傅華品了一下杯中的葡萄酒，評論說：「赤霞珠啊，一個人品這種酒，口味可是有點重啊。」

赤霞珠是葡萄酒之王，是屬於濃郁型的葡萄酒，單寧含量高，酸味重，一般用來搭配有嚼頭的肉類食物。

謝紫閔笑說：「不錯啊，居然能叫出酒的品種來，那你告訴我，這瓶產地是哪裡的？」

傅華又品了一下，說：「這應該是波爾多五大酒莊的酒吧？」

波爾多五大酒莊的赤霞珠口感會慢慢變化，有人用脫衣舞娘來形容五大酒莊出產的這種酒，形容它如同脫衣女郎一般，是一件件慢慢脫給客人看的，剛打開後立刻喝，會覺得味道不是很甘美，但是每過十來分鐘，便會隨之有不同的香氣和味道出現，大約一個小時後風味完全打開，才是口感最美妙的時候。

其他產地的赤霞珠則彷彿女人一下脫光了，一覽無遺站在你面前，雖然一開始讓人感到驚豔，卻很快就會覺得沒有多大意思了。

謝紫閔佩服地說：「算你懂酒，這確實是五大酒莊的。」

傅華打趣說：「既然我說中了，你有什麼獎勵啊？」

謝紫閔笑說：「你這個人，我用這麼好的酒招待你還不夠啊，你還想要什麼獎勵啊？」

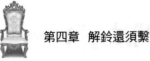

傅華伸手去攬過謝紫閔的肩膀，嘴唇就往上湊，滑頭地說：「起碼親一下嘛。」

謝紫閔笑著伸手阻攔了傅華的嘴，說：「好了，別這麼無賴。」

傅華卻不肯停下來，繼續動作著，說：「我就是這麼無賴，不行啊。」

謝紫閔沒有收回擋住傅華的手，反而加了把勁，堅決的攔住了傅華，說：「你先老實一點坐著，我有話要跟你說。」

傅華停了下來，猶疑的看了看謝紫閔，問道：「你要說什麼啊？」

謝紫閔正色說：「我想跟你約法三章，如果你做不到的話，以後我們就不要來往了。」

傅華失笑說：「約法三章？你不會是想拿我當你的員工管理吧？」

謝紫閔笑了笑說：「那倒不是，我是想把我們的關係控制在某個框架之內，以免將來我們會為此產生什麼感情糾葛。說吧，你願不願意遵守？」

傅華語帶保留地說：「那你也要先說出來，我才知道我能不能做到啊？」

謝紫閔便說：「第一條，我們應該算是互相喜歡的，我喜歡跟你在一起的那種感覺，但是我還沒有做好要跟你進入更深一層的交往，所以，我希望我們的關係就控制在目前這個程度上，你能做到嗎？」

傅華對此倒沒什麼異議，他瞭解謝紫閔的心情，他跟鄭莉還有婚姻關係，也不適合跟謝紫閔發展什麼更深的感情，便點點頭說：「這我能做到。」

謝紫閔接著說道：「既然第一點你能做到，那第二點我想你一定會接受的。」

傅華笑笑說：「第二點是什麼啊，你就肯定我會接受？」

謝紫閔說：「第二點是，我不想把我們這段關係公開，我在雄獅集團剛剛有點進展，而你現在面臨的狀況比我更複雜，我們並不適合把這段關係公開化。我想你肯定比我更希望低調吧？」

傅華看了看謝紫閔，說：「紫閔，你要我保密我能做到，不過，這對你來說很不公平啊，這樣子的話，我隨時都能從這段關係中抽身而去的。」

謝紫閔笑了起來，說：「哪裡不公平了？你不要以為我跟你上床，就好像吃了什麼大虧似的。我們是兩情相悅，尤其是跟自己欣賞的男人上床更是一種享受。如果有一天你厭倦我了，想要離開，我就是想用某種承諾將你綁在身邊也會很勉強的，那樣我們在一起也沒什麼樂趣，何必呢？」

傅華聽了，不禁說道：「你看事情倒很通透啊，行，就按你說的辦。」

謝紫閔笑笑說：「第三點，就是我希望你跟我在一起的時候，要全身心的想著我，不可以再去想別的女人，也不要跟我談論別的女人，包括你的妻子。你們的事是你們的事，不要把它帶進我們的關係中來。說到底，我們在一起，是兩個寂寞的人相互給對方慰藉，所以當我們在一起的時候，我希望排除一切其他的干擾，去尋求最大的快樂。」

傅華看了謝紫閔一眼，他覺得眼前這個女人太玲瓏剔透了，她完全清楚他們之間這種關係的本質。他現在的確是處於一個孤立無援的境地中，很渴望有人能夠給他安慰；謝紫閔正是適時地扮演了安慰者的角色，讓他得到了很大的慰藉。

他很感激謝紫閔，但是因此就說他愛上了謝紫閔，願意跟謝紫閔相伴餘生，似乎也未必。而謝紫閔從新加坡來北京這個陌生的環境，內心中肯定更孤單無助，她想找一個看得順眼的男人做伴，只是為了排遣孤寂，並非就是她愛上了他。

謝紫閔這麼說，也讓傅華卸掉了心中的包袱，可以輕鬆的面對謝紫閔。

這其實是謝紫閔聰明的地方，她先將這段關係整理清楚，省得傅華帶著沉重的包袱面對她，這樣兩人反而能夠輕鬆地把這段關係維持得更久。

傅華感激地說：「謝謝你了，紫閔，你能想到這一點，我心裏真的很感激。」

謝紫閔說：「別這麼說，那會讓我們這段關係變得很沉重的，總之，我們在一起的時候，你就什麼都不要想，盡情享受當下就好了。」

謝紫閔說完，便撲過來擁吻住傅華，傅華也激烈的回吻她。

在謝紫閔的家中，兩人再也沒有任何顧忌，氣氛很快就熾烈起來，謝紫閔嬌喘吁吁的說：「抱我去床上，快點。」

傅華就抱著謝紫閔進了臥室，他把謝紫閔往床上一放，就想撲上去，沒想到謝紫閔卻一把就把他拽倒在床上，一個翻身騎到他的身上，占據了主動權。

謝紫閔沿著傅華的脖子一點點的往下吻著，傅華的情緒被謝紫閔完全帶動起來，熱血不斷的往上湧，渾身繃緊了起來。傅華感受到一種從來沒有感受過的歡愉，他的身體強烈的反應著，此刻的傅華已經沒有了神智，有的只是人類最原始的欲望。

快樂洶湧而至，他們再也無法分開，忘掉了彼此，也忘掉了塵世間的一切煩憂，完全沉浸在生命的美好中。

一場癲狂之後，兩人快樂到了極點，也累到了極點，緊摟著睡了過去。

睡夢中，傅華恍惚自己跟謝紫閔化身成了一對蝴蝶，在鳥語花香中翩翩飛舞。原來莊子的夢化蝴蝶並不是虛幻的，竟然可以真實地發生，只是不知道這一刻的他究竟是蝴蝶呢，還是傅華?!

第五章

交通事故

「莫克？」金達一時還沒反應過來，疑惑的道：「你是說市委書記莫克？」
莫克昨天一天都在海川市活動，根本就沒離開過海川市，
怎麼會突然出現在齊海高速的交通事故現場呢？金達心裏馬上就泛起了疑雲。

傅華醒來時，謝紫閔已經起床在做早餐了。

他走過去，從後面抱住了她，在她耳邊輕聲說：「昨晚真是太棒了。」

謝紫閔回頭親了傅華一下，說：「好了，別來煩我了，快去刷牙去，一會兒早飯就好了。」

傅華就去洗漱了一番，再回到餐廳，早餐已經擺好了。

經過昨晚的激情之後，他們的關係似乎更親近了一層，傅華看著謝紫閔說：「紫閔，我從來沒想到你是一個這麼放得開的女孩子。」

謝紫閔笑說：「不是我放得開，而是你太過拘謹了。享受性愛是上天賦予我們的本能，有什麼好羞恥的。反倒是你，心中始終有一個框架存在，束縛了你。你在工作中似乎也是這樣，老是給自己訂下一個不能逾越的規範，做起事來就束手束腳了。」

傅華笑了，他沒想到謝紫閔居然能從床事引申到他的工作上去，不過認真想想，確實也是，他總是喜歡爲自己設定一個行爲準則，便笑笑說：「這是我的天性吧。」

謝紫閔不認同地說：「這怎麼會是天性呢？是後天你所接受的教育養成的習慣罷了。其實，我個人的感覺，你這種習慣與你所從事的職業完全是一種矛盾，你的工作需要你有圓滑的個性，才能把各方面的關係處理好，所以，你老是先給自己設定框框，一定會束縛你的才能發揮的。」

傅華聳聳肩，不置可否地說：「也許吧。」

謝紫閔開導他說：「你應該儘量放開一些，像你這種生性拘謹的人，怎麼放開也不會做一些過頭的事的。孔夫子是怎麼說的，隨心所欲而不逾矩，你應該就是這種人吧。」

傅華笑說：「我還沒有那麼厲害，對了，海川的事，你們究竟是怎麼打算的啊？」

謝紫閔反問說：「你別問我啊，你先說你怎麼打算的吧？中斷考察也有一部分是你下的決定啊。傅華，你跟我說實話，你究竟對這件事是怎麼打算的？你讓我們從海川撤出來，是不是心裏有自己的盤算啊？」

傅華說：「我讓你們從海川撤出並沒有任何玩弄權術的想法，也沒有想利用你們向海川市施加壓力的意思，在我看來，海川市這次的接待工作做得並不好，根本無法吸引你們，如果他們真的想要你們投資，應該要做得更好才對的。」

謝紫閔點點頭說：「你這話說的倒算很公允。」

傅華便說：「那你是想另尋投資地還是等海川再拿出更好的方案啊？我先聲明啊，你不要管我的意見，你怎麼選擇我都沒意見的。」

謝紫閔笑說：「你有點口不應心哦，我聽得出來你說這句話的口氣可不是那麼輕鬆，你心中還是希望我們能夠選擇海川是吧？」

傅華說：「海川畢竟是我的家鄉，我當然傾向它啦。」

謝紫閔有些不滿地說：「那你想要什麼你就說出來啊，不需要在我面前還要演戲吧？」

傅華看了謝紫閔一眼，猜測說：「你這麼說，不會是你們總公司也不想放棄海川吧？」

謝紫閔笑了，說：「你真是滑頭，一下子就猜到了。我跟伯父彙報了，我伯父的確不贊同我終止跟海川合作的想法，他倒不是爲了海川市，而是爲了東海省，他覺得雄獅集團選擇東海省是戰略上的考量，這個是不會改變的，海川在東海省的位置適中，如果我們選擇在東海發展，那海川市就應該是第一選擇。所以我伯父的意思是讓我先不要急著下決定，等看看海川市進一步的反應，實在不行，再放棄海川。」

傅華笑說：「謝主席的眼光果然老道啊。」

謝紫閔說：「咦，你這是在拐著彎說我嫩嗎？你不要不承認，實際上你也想利用這件事突顯你重要的一面，你肯定清楚海川市是不會放棄爭取雄獅集團的。」

傅華不好意思地說：「我有那麼卑鄙嗎？」

謝紫閔笑著說：「你以爲不是啊？這件事本來是很簡單的，都是被你搞得這麼複雜，害得我被我伯父說經驗不夠。」

傅華說：「看來你被謝主席訓了一頓啊？」

謝紫閔說：「教訓倒還不至於啦，不過他嫌我經驗不足，才弄成這樣。」

傅華笑說：「如果不是我把事情搞得這麼複雜，謝主席還不會這麼重視在中國的投資的，你應該謝謝我才對。」

傅華說這話倒不誇張，如果不是因爲東海省參與進來，謝旭東是不會這麼重視雄獅集團在中國的投資的。因爲東海省的參與，會給雄獅集團提供更多政策性的便利，這對雄獅集團很有利，也是謝旭東不肯輕易放棄海川的原因。

謝紫閔揶揄說：「好了，你功勞最大了，行了吧?!」

傅華笑說：「那是當然啦，等著吧，海川很快就會找上你們的。」

謝紫閔饒有趣味地說：「是不是你又做了什麼了？」

傅華笑笑說：「我只是把情況如實反映給曲煒秘書長，我猜曲秘書長一定會將這些彙報給省委書記呂紀的，不出意外的話，金達會被呂紀狠狠地訓斥，領導都發話了，他們一定會趕緊想辦法解決的，那時候，自然就會找上你們了。」

謝紫閔不禁取笑說：「什麼如實反映啊，你肯定添油加醋了吧？」

傅華搖搖頭說：「我不但沒有添油加醋，反而儘量在曲秘書長面前少說話了呢！」

謝紫閔一開始愣了一下，旋即就明白傅華的意思了，佩服地說：

「你真是會使壞啊，你做出不敢說話的樣子，曲秘書長會認爲你是被金達壓制的結果，一定會去批評金達的。」

傅華裝傻反問道：「會這樣嗎？不會吧？」

謝紫閔忍不住說：「傅華，我覺得你搞起陰謀詭計的時候，比起你一本正經時可愛多了。」

傅華打趣說：「是嗎？你會因爲這個愛上我嗎？」

謝紫閔臉上的笑容沒有了，認真的看著傅華說：「傅華，你想讓我愛上你嗎？」

傅華遲疑了一下，他沒想到謝紫閔會這麼問，有點後悔不該用這種話去撩撥謝紫閔，便笑笑說：「當然想了。」

謝紫閔伸出手來撫摸著傅華的臉說：「雖然我知道你有點言不由衷，但是你這麼說我還是很高興的。誒，你說海川市會找上我們是嗎？」

傅華肯定地說：「一定會的，而且我跟你保證，他們一定會拿出一個更好的方案給你看的。」

就在這時，傅華的電話響了起來，看了看號碼，是孫守義的，他便笑著對謝紫閔說：「你看吧，這就找上來了。」

傅華就接了電話，說：「孫副市長，這麼早找我，有什麼指示啊？」

孫守義說：「也沒什麼指示，就是想問一下目前雄獅集團的動向，他們有沒有在尋找新的投資地點啊？」

傅華笑笑說：「這個我倒不清楚，要我問一下嗎？」

孫守義說：「你問一下吧，我剛跟金市長碰了個面，他的意思是雄獅集團的投資就這麼放棄了，實在太可惜了，我們還是要盡力想辦法再爭取一下。」

傅華說：「行，那我問一下再給您答覆。」

孫守義就掛了電話。

傅華拿著電話，衝著謝紫閔做了一個鬼臉，說：「喂，謝總裁，我們市裏讓我問你一下，你們有沒有聯絡新的投資地點啊？」

謝紫閔也舉手在耳邊假作打電話的樣子，說：「當然是有聯絡過啦，不過目前還沒確定下來。」

傅華正經八百地說：「哦，是這樣啊，好的，我會把這個情況跟我們市裏彙報的。」

謝紫閔忍不住哈哈大笑起來，傅華也跟著她一起大笑起來。

笑鬧了一會兒，傅華說：「時間不早了，我要去上班了，謝謝你的早餐。」站起來就要往外走，謝紫閔卻向他招了招手，說：

「等等，你忘了什麼吧？」

傅華不解地問：「我忘了什麼啊？」

謝紫閔用手指了指自己的臉頰，說：「這裏啊。」原來是謝紫閔讓他跟她吻別呢。

傅華笑著過去親了她一下，忍不住說：「紫閔，我發現你真是越來越可愛了。」

謝紫閔推開了他，笑說：「趕緊走吧，別在這油嘴滑舌了。」

傅華回到駐京辦，然後撥了電話給孫守義，告訴他雄獅集團目前還沒有定案要在哪裡投資。

孫守義聽了鬆了口氣，說：「那就好，如果他們有了新的選擇，事情就不好辦了。誒，傅華啊，你向來是很有主意的人，有沒有辦法幫我們把雄獅集團給爭取回來啊？」

傅華笑笑說：「孫副市長，問題可不在我這邊啊。」

孫守義說：「我知道問題不在你那邊，我的意思是，你能不能幫市裏想想辦法啊，畢竟你跟他們比我們更熟悉些，也許你能想到什麼解決的辦法啊？」

傅華苦笑了一下，說：「副市長，這件事情不太好辦啊，我試圖做過說服的工作了，可是不行啊。您還這麼要求我，可真有點難爲我了。」

孫守義拜託說：「傅華，這次難爲也得難爲你一次了，跟你說句實話吧，爲了雄獅集團的事，金市長被呂紀書記叫去訓了一通，呂紀書記要我們務必把雄獅集團給爭取過來。金市長爲此也很傷腦筋，一直在想辦法看怎麼解決這件事呢。」

傅華笑笑說：「金市長原來就是省府的智囊人物，他一定會想出辦法來的。」

傅華這句話聽起來有點酸啊，孫守義有些反感，他覺得傅華有看笑話的意思，便不高興的說：「傅華，我怎麼覺得你似乎想置身事外啊？這可不對吧，我們市政府是一個整體，你也是其中的一員，應該跟我們一起共同努力爭取才對的。」

傅華也意識到自己的話有點過了，畢竟他還不想跟金達和孫守義發生什麼直接的衝突，趕忙說：「副市長，我並沒有置身事外的意思，我會盡力去做雄獅集團的工作的。」

孫守義叮囑說：「你可不要空口說白話啊，最好是能拿出有用的辦法來。動一下腦筋，你一定有辦法的。」

孫守義這麼說了，傅華也覺得火候差不多了，這根弦再繃下去，弦可能就會斷了，那樣對他也是不利的，便說道：「要不副市長，我看看能不能跟雄獅集團的董事局主席溝通一下，我看他對我的印象還不錯。」

孫守義聽了說：「對對，你快跟謝主席溝通一下，說我們海川真的十分盼望雄獅集團能將投資放到海川，上次的事件純屬偶發事件，我和金市長用人格跟他擔保，以後再也不會有類似事情發生了。」

傅華說：「那我就先溝通看看吧，您的話我會轉告他的。」

孫守義催促說：「那你儘快吧，我跟金市長都等著你的回音。」

傅華就掛了電話，他並沒有直接去跟謝旭東聯繫，反而把電話打給了謝紫閔。

謝紫閔接了電話，說：「傅華，你們市長有什麼表示啊？」

傅華說：「他們要我想辦法跟你們恢復聯繫，我就說會找你伯父，你看有沒有必要我

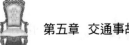

跟你的伯父談一談？」

謝紫閔說：「聊聊也無妨啊，我伯父很欣賞你，他肯定願意跟你談談的，你不是有他的名片嗎？直接打給他吧。」

傅華說：「那行，我就跟你伯父談一下吧。」

這邊，孫守義心情有點焦躁不安，雖然他知道傅華的回音沒那麼快，需要一點時間等待，卻仍是忍不住焦慮難耐的心情。

這時，孫守義的電話響了起來，他趕忙拿起來一看，不是傅華的電話，不過這通電話也同樣重要，是公安局局長姜非打來的。

孫守義趕忙接通電話，說：「姜局長，是不是你們對鋸樹事件偵查有了進展了？」

姜非報告說：「是的副市長，經過我們調集精幹警力密集的走訪，找到了一個叫做胡東聲的涉案人，這傢伙現在潛逃到廣東一帶打工，他打工的地址我們已經掌握到了，正準備去廣東抓人。」

孫守義高興地說：「這是好消息啊，姜局長，幹得好。」

姜非說：「這是應該的。副市長，您還有沒有其他的指示？」

孫守義交代說：「現在不是跟省廳兩級聯動嗎？你們抓到人後，就直接交給省廳處理，不要帶回海川來，你明白我的意思嗎？」

孫守義這麼說，是因爲他覺得這件事肯定與莫克有關，如果把人帶回海川，他擔心莫克會從中做什麼手腳。而姜非把人交給省廳處分，就可以避免這一點。加上姜非本來就是省廳下來的，一定清楚省廳什麼人處理這件事情比較可靠。

姜非點點頭說：「我明白您的意思了，副市長。」

孫守義又再三叮囑說：「這件事你一定要辦得妥妥當當的，事情辦好之後，市裏面會給你請功的，快去吧。」

姜非答應了一聲，掛了電話。孫守義的心情因爲這個好消息變得好了很多。

過了一會，傅華的電話總算打了過來。

「副市長，我剛才跟謝主席溝通了一下，把您的話轉告給他了。」

孫守義急忙問道：「那他是怎麼說的？」

傅華說：「謝主席說情況他都瞭解了，他很感謝市長和您對雄獅集團的信賴，對於那個突發事件，他可以諒解是事出意外，不是海川市政府的責任。」

孫守義聽了大喜，說：「太好了，傅華，你又爲市裏面辦了一件好事啊。」

傅華卻說：「副市長，您先別急著高興，謝主席的話我還沒轉述完呢。」

孫守義催說：「快說，他還說了什麼啊？」

傅華說：「謝主席說，雖然突發事件責任不在海川市政府，不過，他認爲海川市政府提的考察方案有點敷衍他們，他感受不到海川市的誠意，這才是他當初同意中斷考察的主要原因。」

孫守義忙問：「那你是怎麼回答他的？」

傅華說：「我跟謝主席說，這件事並不能怪海川市政府，第一天只不過是初步的接觸，考察行程才剛開始，海川市並沒有把方案完全展現出來，所以才沒讓他看到海川市府的誠意，希望他能夠再給海川市一個機會。」

孫守義問：「那他答應了沒有？」

傅華說：「他答應了，謝主席說，他其實是很看好海川市在東海省所處的戰略位置，也很希望能夠在海川設置他們的基地，所以他願意讓雄獅集團的人再來海川考察一次，不過，他希望不要再看到那種群眾抗議的狀況了。」

孫守義趕忙保證說：「不會不會，一定不會了。這次市政府一定會嚴防死守，確保不會再發生類似的事了。」

傅華又提醒孫守義說：「副市長，還有一件事，雄獅集團想看的是實質的東西，如果市裏確實想跟他們合作的話，應該拿出一些能吸引他們的合作方案才行，不然，他們就是重回海川，結果也不一定樂觀的。」

結束跟孫守義的通話後，傅華把電話打給了外貿集團的董事長魯朝陽，把雄獅集團決定重返海川考察的情況跟魯朝陽說。這也算是順水人情，不做白不做。

魯朝陽聽了，十分高興，說：「傅主任，謝謝你了。」

傅華笑說：「魯董，別客氣！不過我要提醒您，這次絕對要拿出一個好的合作方案來，要不然就算是雄獅集團來了，也是不會跟你們合作的。」

魯朝陽說：「你說得對，對跟雄獅集團的合作，我們是志在必得，我馬上就召集相關人員開會研究，一定會拿出能夠吸引雄獅集團的合作方案來。」

「您努力吧。魯董，私下跟您說，我從雄獅集團那邊瞭解到，他們對您的印象很不錯，認爲您是一個精明能幹的領導者，如果你們提供的方案對路了，我想他們選擇跟您合作的可能性十分大。」傅華又透露說。

這個消息對魯朝陽來說，是很樂於聽到的，便笑笑說：「聽你這麼說，我心裏就有數了，你放心，我會在合作方案上多用心的。」

聽孫守義彙報說傅華已經說服了雄獅集團重返海川，金達總算鬆了口氣。他一直苦思如何做通雄獅集團的工作，但是想來想去，卻想不出什麼好辦法，現在傅華把這個問題解決了，他也就不用犯愁了。

不過等孫守義離開他的辦公室後，金達臉上的笑容就沒有了。雖然問題解決了，他無需擔心無法跟呂紀交代，但是金達的心裏卻很不舒服，他覺得這次他完全被傅華玩弄在股掌之上。

事實是明擺著的，既然傅華能夠找到謝旭東挽回這件事，當初在求他的時候，他就該這麼做了。但是傅華卻硬是等到他被呂紀狠狠地批評了一頓之後才肯出手，這是典型的挾雄獅集團而自重的做法。

金達心中懷恨地想：傅華這傢伙實在是太惡劣了！要不是呂紀在看著這件事，他真想馬上就撤掉他駐京辦主任的職務。

哼！傅華，你不要自以爲聰明，現在莫克看你不順眼，就算你駐京辦主任的地位穩固，你做起事來也不會順暢的！等著吧，會有你好看的那一天！

想到這裏，金達的心情總算舒暢了一些，他不再去想傅華了，把心思放在雄獅集團的事上。

海川市市委，莫克辦公室。

莫克站在辦公室的窗前，注視著大樓外街道上來來往往的車輛，忍不住嘆了口氣。

此刻莫克的心情十分的煩躁不安，他根本就沒心情辦公。不用說是因爲鋸樹事件了，現在東海省公安廳和海川市公安局都咬著這件事不放，莫克很擔心肇事者被抓到，那樣他就會被牽連上的。

也就是因爲這件事，陸曉燕幾次打電話來讓他去齊州，莫克都拒絕了，這時候他哪還有心思玩女人啊。

另一方面，莫克深深感到作爲一個市委書記，不掌控公安部門是不行的，這就如同一個人瞎了眼睛一樣，他根本就無從瞭解海川地面上發生了什麼事。

如果公安局長或者政委有一個是他的人，那他現在對鋸樹事件的偵查活動就能瞭若指掌，不用像現在這樣悶在辦公室，擔心這擔心那的了。

現在可好，束濤在公安部門的關係比他這個市委書記還要好，他要瞭解案件的進展，還需要跟束濤聯繫，這種狀態不能持續下去了，等這次鋸樹事件過去，他一定要想辦法著手調整公安局的班子，就算是不能動局長或者政委，起碼也要安插一個自己人進去才行。

這一點孫守義就做得不錯，他早就看出公安局這個部門的重要性，不但拉攏了唐政委，還一手安插了姜非去做局長。等於公安部門被他掌控了。

最可笑的是，金達那個傻瓜竟然還沒有意識到孫守義這麼做的危險性。現在他們的關係還不錯，屬於同一戰線，孫守義這麼做還威脅不到金達，但是一旦兩人對立起來，金達很快就會跟自己一樣，了解到沒有掌控公安部門的弊端了。

這時，莫克的手機響了起來，是張作鵬的號碼，莫克按下了接通鍵。

「張董啊，找我有事啊？」

張作鵬笑笑說：「莫書記，不是我找你，是曉燕，她跟我說，好幾次讓你過去，你都不過去，怎麼了？是她有什麼地方讓你不高興了嗎？」

莫克眉頭皺了一下，這些女人真是煩，不去找她就這麼鬧騰，便有點不高興的說：「這個曉燕也真是的，我不去是我有事。她找你幹什麼啊？女人就是麻煩。」

張作鵬聽出莫克語氣中的惱火，便問道：「怎麼了莫書記，你厭倦她了嗎？無所謂的，你厭倦她的話，我給她點錢打發她就是了，保證不讓她再去煩你。」

煩歸煩，莫克對陸曉燕還是有幾分好感的，他捨不得就這麼放棄她，便說道：「我不是那個意思，只是最近煩人的事太多，我沒心情去齊州陪她罷了。」

張作鵬笑笑說：「你爲什麼事情煩悶啊？不會是你們海川發生的那起鋸樹事件吧？」

莫克抱怨說：「還說呢，這件事要不是因爲你給我出的餿主意，我會搞得這麼煩躁嗎？」

張作鵬笑說：「莫書記，你可不能這麼說啊，我的主意哪個地方餿啦？我跟你說，要不是那起事件，估計呂紀現在早就換掉你這個市委書記了。」

莫克說：「這我承認，只是現在呂紀和金達抓住這事不放，我怕事情遲早會水落石出，到那個時候，我也會被牽連進去的。」

張作鵬笑了起來，說：「不可能的，您怎麼會被牽連進去呢？」

莫克沒好氣的說：「張董啊，都這個時候了，你就別裝了，你很清楚這件事是怎麼回事。」

張作鵬說：「我只知道這件事一定不會扯到您身上的。就算是找到了那個人，他跟您也沒有直接的聯繫的。行了，您就別煩了，準備一下，晚上我派車接你過來，你再不過來，我們的陸大記者可就真的生氣了。」

莫克猶豫地說：「可是……」

張作鵬說：「別什麼可是了，有什麼話你來了我們再說，我跟你保證，你來了之後，一切煩惱都會消除的，你一定會高高興興的回海川去的。」

莫克心想：的確也是不能老這麼坐困愁城，去放鬆一下也好，順便聽聽張作鵬有什麼好主意。

晚上，張作鵬就派車來接了莫克。

到了張作鵬的別墅之後，莫克意外看到束濤也在，還有一個女人陪著束濤。莫克便瞅了束濤一眼，說：「束董怎麼也來齊州了？」

束濤笑笑說：「是張董約我過來的。」

張作鵬解釋說：「我讓東董過來，是有些事要大家商量一下，我們三個先出去走走吧。」

三人就到別墅外面的草地上。張作鵬對莫克說：「莫書記，您來之前，我跟東董聊了一下鋸樹的事。」

莫克看了看東濤和張作鵬，說：「你們聊了什麼？」

張作鵬說：「您對這件事有所擔心是很正常的，現在省廳和海川市公安局都緊抓不放，誰也無法保證鋸樹的肇事者就一定不會被抓到。」

莫克嘆說：「對啊，我最擔心的就是這一點。」

張作鵬說：「所以我們必須要做點防患於未然的準備，一旦真的肇事者被抓到，我們必須找個人出來承擔這個責任。我跟東董探討了一下應對方案，這件事是東董安排手下找人去幹的，必要的時候，東董會把那個手下交出來，給他一筆錢，讓他把所有的責任都扛起來的。」

莫克想了想說：「這倒不是不可以，只是怕那個手下扛不起這件事吧？」

東濤很有肩膀的說：「他如果扛不起，大不了我來扛，我這個城邑集團的董事長總夠分量來扛這件事吧？」

莫克心中一直是希望東濤這麼做的，但是他又不好意思開這個口，現在東濤自己主動站出來，他不禁暗自鬆了一口氣。但表面上卻假惺惺的說：「這怎麼好意思讓你來扛呢？」

束濤很有擔當地說：「那總好過讓莫書記跟我一起倒楣的好。」

張作鵬說：「剛才束董和我分析了這件事，我們一致認爲，首先要確保的就是不能把莫書記您給牽連進去。如果束董的手下扛不住，那到了束董這一步，就一定要扛起這件事，正好束董跟丁益和伍權兩小子也是有矛盾的，束董說是他起意搞的，別人也不會有什麼懷疑。」

莫克的心這下完全是放回肚子裏去了，看來就算是抓到了肇事者，他也會安然無事的，於是他趕忙對束濤表態說：「束董，你爲我做了什麼，我心裏很清楚，這一切我會銘記在心的，只要這次我能順利過關，一定會對你有所報答的。」

束濤笑了笑說：「莫書記別這麼客氣，大家是同一個戰壕，這樣做能把我們的損失降到最低點，我也是心甘情願的。」

張作鵬高興地說：「好了，現在麻煩解決了，莫書記應該也沒什麼後顧之憂了。我們回去吧，還有三個美女在裏面等著我們呢。」

三人就回了別墅，莫克心事盡去，又有一段時間沒跟陸曉燕幽會，因此跟陸曉燕顯得特別的來勁。而束濤是久經世事滄桑的人，既然確定了最終由他來承擔責任，他也就不再爲此多想，也跟那個陪他的美女玩得很高興。這一晚三人都玩得十分盡興。

莫克又告訴陸曉燕，說會把她調去海川電視臺，捧她做當家花旦。陸曉燕自然很高興，她在齊州電視臺不過是個不起眼的小人物，如果能調到海川電視臺，有莫克這棵大樹罩著，她很快就會風生水起的。

因此當晚陸曉燕對莫克極力的逢迎，拿出了所有的看家本領，讓莫克幾度衝上了快樂的頂峰。

凌晨的時候，莫克一個人坐著張作鵬安排的車子返回海川，外面的夜色依然濃厚，公路上來往的車輛很少，偶爾才會有一輛車從對面經過，車內就顯得格外的安靜。

由於他跟陸曉燕昨晚太過瘋狂，身體十分的疲憊，莫克就在後座上睡了過去。

不知道過了多久，莫克一直昏昏沉沉的，忽然聽到一陣刺耳的剎車聲，緊接著就是匡噹一聲巨響，莫克只感覺自己猛地被撞擊到前排的座位上，然後一陣劇痛，就什麼也不知道了。

金達有早起的習慣，這一天跟往常一樣，他早早的起床洗漱，之後，看看時間尚早，就拿起報紙隨意的看著。

這時，他的手機突然響了起來。金達對此並不意外，作為一個幾百萬人口大市的市長，他每天要處理的事情太多了，這麼早有人找他也很正常。

打來的號碼卻很陌生，金達按下接聽鍵，「我是金達，請問哪位找我？」

「您好市長，我是海川市交警大隊，有件緊急的事要跟您彙報，剛才在齊海高速公路海川段，發生了一起嚴重的交通事故。懷疑是因爲司機疲勞駕駛，一輛重型卡車越過高速公路上的護欄撞到了一輛小轎車，小轎車的司機和乘客當場死亡。」

金達愣了一下，心說：交通事故你跟我彙報幹什麼啊，處理交通事故是你們交警的事，找我這個市長不是很奇怪嗎？便說道：「你爲什麼要跟我談這個啊？」

對方說：「是這樣的，市長，經過身分辨認，那輛小轎車上死亡的乘客，是海川市市委書記莫克。」

「莫克？」金達一時還沒反應過來，疑惑的道：「你是說市委書記莫克？」

對方說：「沒錯，我們看了他隨身帶著的身分證件，確實是莫克書記。」

金達這才反應過來，心裏馬上就泛起了疑雲，莫克昨天一整天都在海川市活動，根本就沒離開過海川市，怎麼會突然出現在齊海高速公路上呢？

不過，這不是馬上需要解決的事，眼前急需知道的是，要先確定死亡的人的確是莫克，金達便問：「現場在哪裡？我馬上就過去。」

對方告知了他大致的方位，金達就讓司機馬上把車開過來，直奔現場。

現場的狀況實在是有點慘不忍睹，小轎車已經整個被壓扁，交警把車子撬開，才把死者的屍體拖了出來。已經看不出莫克的模樣了，只是從他身上的衣著大致上還能辨認出是莫克無誤。

看到莫克慘死的樣子，金達肚裏一陣翻滾，差點吐了出來，他趕忙背過身去，不想再去看莫克的屍身。現場的交警過來，把莫克的身分證遞給金達，身分證還有斑斑的血跡，莫克依舊在上面僞善的笑著。

爲了謹慎起見，金達撥了莫克的電話，電話是關機的，又找了莫克的秘書也找不到莫克，這才確定發生意外的就是莫克了。

確認果真是莫克後，金達趕緊撥通呂紀的電話，他得儘快將莫克發生意外的事向呂紀彙報。

電話響了幾聲，呂紀馬上就接通了，說：「秀才啊，這麼早打電話給我幹嘛？」

金達急急地說：「書記，我要跟您彙報一件交通意外，莫克所坐的轎車在齊海高速公路發生車禍，莫克書記不幸罹難了。」

「什麼？你說莫克死了？」呂紀驚訝的說。

「對，懷疑是因爲司機疲勞駕駛，一輛載貨的卡車撞壞了公路上的護欄，直接撞到對向莫克書記乘坐的轎車，莫克書記當即車毀人亡。」

呂紀不敢置信地說：「怎是怎麼回事？莫克這麼早出現在齊海高速公路上幹什麼？」

金達說：「這個我也不太清楚，從方向上看，他是從齊州回海川的途中發生意外的，但是奇怪的是，昨天一整天他都在海川市區內活動，不知道爲什麼會在凌晨從齊州返回海川。」

呂紀說：「先不要去管這個了，這個慢慢會查清楚的，你現在在哪裡？」

金達說：「我在事故現場，剛才確認死者就是莫克書記。」

呂紀說：「既然確認了死者是莫克，就交給交警部門去處理吧。你趕緊回市委，暫代主持市委的工作，看看有沒有需要緊急處理的事，不要因爲莫克的死，耽誤了市委的工作，省委會馬上研究相關的善後工作的。」

金達說：「行，我馬上就趕回市委處理相關事務。」

呂紀掛了電話，金達轉身走向自己的車子，上車的那一剎那，金達臉上閃過了一絲無人發現的竊喜。

金達之所以竊喜，是因爲他意識到莫克一死，市委書記的位子就騰了出來，一個上位的大好機會就呈現在他的面前了。

隨即金達又覺得自己有點太自私了，怎麼可以在莫克剛罹難的時候，就去覬覦莫克的市委書記寶座呢？於是他趕緊把臉再度繃緊了，做出一副悲痛的樣子來，但是在他心中，思緒早已開始圍繞著空出來的市委書記寶座在飛揚了。

金達沒有直接去市委，而是先回到他的市長辦公室，他覺得這時候馬上就去莫克的辦公室並不好，好像他急於坐上莫克的市委書記寶座一樣，這有點太顯眼了。這時候他一定要低調，就算心裏再高興，也要裝出無所謂的樣子，才不會讓別人覺得他太沉不住氣。

到了辦公室，金達就打電話給孫守義，讓孫守義趕緊來他辦公室一趟。

孫守義匆忙趕了過來，問道：「市長，一大早就找我，什麼事情啊？」

金達裝作悲痛地說：「老孫啊，你知道嗎？今天早上莫克在高速公路上發生車禍，不幸罹難了。」

「什麼，莫克死了？」孫守義有點不相信的說：「怎麼可能？昨天他沒有離開海川市區，今天好像也沒什麼去齊州的日程，怎麼會在齊海高速上發生意外了呢？簡直令人難以置信。」

金達說：「我也覺得很震驚，我剛從事故現場過來，已經確認莫克確實是罹難了。我剛才跟呂書記作了彙報，呂書記指示讓我先暫時主持市委的工作，所以這幾天你要多辛苦一下了。」

金達告訴孫守義莫克的死訊，除了工作上的叮嚀外，也還有他的私心在。一旦他順利接替莫克的位置之後，他準備推薦孫守義接替他市長的職位。他們搭班子的時間不短，他對孫守義算很滿意，這種安排是有利於他做市委書記之後工作開展的。

但是金達清楚，他的推薦並不一定就能讓孫守義順利上位，覬覦市長位置的大有人在，孫守義想要得到這個位置，還需要做出一番努力。孫守義也是仕途歷練豐富，相信他一定會知道該怎麼做的。

孫守義點點頭說：「您放心好了，市長，我會盯好市政府的工作的。」

金達就說：「那行，老孫，這邊就麻煩你了，你先出去吧，我還要通知于捷副書記，商量一下如何處理莫克書記的後事。」

孫守義就離開了，金達撥了于捷的電話。

于捷一接電話就說：「金市長，我怎麼聽到莫克同志在齊海高速公路發生意外，不幸身亡了，這是真的假的？」

金達心想：你的消息倒挺靈通的啊，這麼快就知道莫克死了。

金達對于捷有些警惕，是因爲于捷現在所處的位置很微妙。作爲市委副書記，他不但是市長的有力競爭者，還是市委書記的競爭者之一。金達已經選擇孫守義是他的盟友，自然就視于捷爲競爭對手了。

金達便說：「是的，老于，你聽到的消息是真的，莫克同志因爲交通意外去世了。我已經向呂紀同志彙報了，呂紀書記指示我暫時主持市委的工作。你過來我這裏一下吧，我們商量商量如何處理莫克同志的後事，以及如何安撫莫克同志的家屬。」

于捷答應說：「行，我馬上過來。」

第六章

制衡力量

從張琳擔任海川市委書記時期開始，束濤就一直跟金達和孫守義處於對立的關係，現在這兩個人即將成為海川市的一二把手，能夠制衡他們的力量都沒有了，束濤很難想像這兩人會採取什麼手段來對付他。

孫守義從金達辦公室出來，趕緊回到自己的辦公室。

在聽到莫克死亡消息的那一剎那，他的心揪緊了一下，因爲他知道莫克的死就意味著金達的機會來了，而金達的機會來了，也就等於是他的機會來了。

同時，他也不禁感慨人生無常，一個大活人怎麼說死就死了呢？前幾天他還在爲莫克搞出鋸樹事件而對他一肚子意見呢，沒想到莫克就這麼死了！

然而，現在不是爲莫克哀悼的時候，金達第一時間把莫克的死訊通知他，肯定是想他趕緊做些後續運作。於是他趕緊拿出手機打給趙老，報告了莫克去世的事。

趙老意外地說：「是真的嗎？」

孫守義說：「千真萬確。老爺子，您說我下一步該做什麼啊？」

趙老說：「小孫啊，你的機會來了。你在海川倒無需做什麼，你把跟金達的關係處理好就行了，其他的我會幫你安排的。」

趙老這句話讓孫守義情不自禁的激動起來，立即說道：「行，老爺子，我聽你的。」

放下電話，孫守義發現他的手一片潮濕，竟然激動到手心都出汗了。

于捷很快來到金達的辦公室，金達指指沙發讓他坐，然後說：「老于，誰會想到莫書記居然會發生這種意外啊。」

于捷也嘆了口氣說：「是啊，昨天我還跟莫書記有說有笑的，轉眼就天人兩隔，真是令人難以置信啊，哎，人活得真沒勁啊。」

金達勸慰說：「老于，話可不能這麼說，你不能這麼悲觀，莫克同志雖然走了，但我們這些活著的同志還是需要繼續做好工作的。關於莫克同志的後事，我想了一下，你看是不是這麼處理，一會兒我們先去醫院看看莫克同志，順便問一下莫克同志的家屬有什麼要求，然後商量一個治喪委員會的名單出來，就趕緊把喪事給辦了吧，這種事不宜久拖。」

于捷點點頭說：「就按照您的意思安排吧。」

兩人就一起去了醫院，正碰到趕來的朱欣和莫克的女兒，兩人哭得正傷心。

金達趕緊安慰她說：「嫂子，這是一場意外，你節哀順變吧。」

朱欣看著金達，說：「金市長，市裏對孩子他爸的意外有沒有個說法啊？」

金達心想：莫克是在工作時間外私自外出，你讓市裏能有個什麼說法啊?!

金達只好說：「市裏面還不清楚莫書記爲什麼會在清晨從齊州趕回海川，因此還無法對他的意外有什麼說法；至於你們家屬對市裏有什麼要求，可以提出來，市裏面如果能滿足你的話，一定會照辦的。」

朱欣聽了可不願意了，說：「金市長，您怎麼能這麼說呢？我們孩子他爸如果不是因爲工作，怎麼會在凌晨匆忙趕回海川呢？你們市裏面不能這樣子辦事的，你們起碼應該追認老莫爲烈士。」

金達有點頭大，這個朱欣擺明了是想胡攪蠻纏的，他苦笑說：「嫂子，追認烈士的事可不是我說了算的，你看這樣好不好，等相關部門查清楚莫書記昨晚究竟發生了什麼事，如果確實符合烈士的條件，我們一定會按照程序追認他爲烈士的。」

朱欣卻不滿地說：「金市長，您說話怎麼能這麼不負責任呢？事實不是擺在那了嗎？要不是因爲工作，老莫又怎麼會發生意外呢？老莫呀，你死得真是好冤啊，你剛剛死了，人家就翻臉不認人了。」

朱欣乾脆往地上一坐，開始扯著嗓子嚎啕大哭起來。

金達趕忙跟于捷一起將朱欣拉了起來，金達安撫說：「嫂子，你先別急，相關情況我會請示省委答覆你的。」

于捷也勸道：「是啊，嫂子，你別這樣，烈士的事情我們要跟省委彙報之後才可以做決定的，你先別哭壞了身子。」

兩人好一頓勸，才讓朱欣止住了哭聲。

金達和于捷這才好不容易抽身離開了醫院。上車時，兩人對視了一眼，眼神中似乎都是在說這家人真是麻煩，莫克是個討人嫌的傢伙，這個朱欣也不是什麼好玩意啊。

北京，海川大廈，傅華辦公室。

傅華剛進辦公室坐下來，他的手機就響了，是丁益打來的。

丁益開口就說：「傅哥，出大事了。」

傅華笑說：「什麼事啊，一驚一乍的，海川那個小地方能出什麼大事啊？」

丁益說：「我剛接到消息，說莫克死了，是出車禍。」

傅華愣了一下，說：「莫克死了？」

丁益興奮地說：「對啊，傅哥，這下可好了，金市長一定能接任市委書記的，以後我們可就有好日子過啦。」

傅華心說，你有好日子過，我可就難過了，我才剛把金達得罪到不行，他如果接任市委書記，不找我的麻煩就不錯了。

傅華便說：「先別那麼高興了，有點同情心好不好？莫克死了，你這麼高興不是幸災樂禍嗎？」

丁益嘿嘿笑了一下，說：「這倒也是啊。」

傅華不禁問道：「究竟是怎麼回事啊？莫克怎麼會發生交通意外呢？」

丁益說：「究竟是怎麼回事，現在沒人清楚。莫克不知道什麼原因昨晚突然去了齊州，在回程途中，遇到一個疲勞駕駛的司機，貨車闖過護欄，把莫克和他乘坐的轎車給壓扁。令人奇怪的是，莫克坐的不是他的專車，而是鵬達集團的車。八成莫克是跟張作鵬和束濤那幫人做了什麼壞事了。」

傅華聽了說：「原來是這樣啊，行，我知道啦。」

丁益又說：「什麼叫你知道了啊，傅哥，你可真夠冷靜的，金市長有機會上位，你應該高興才對啊！」

傅華沒好氣的說：「我高興什麼啊，現在是死了人，我怎麼能高興的起來？行啦，我掛了。」

傅華掛了電話，坐在那裏沉思起來。

莫克的死，一下改變了現在海川政壇的局勢，這時候最高興的就是金達和孫守義這派的人了。理論上，金達很可能會接替莫克出任市委書記，而孫守義則是挾著中央部委的支持，接替金達出任海川市市長。

這對傅華來說，卻不意味是一件好事。金達對他還餘怒未消呢，如果他順利上位，會不會利用手中的權力，先把他這個駐京辦主任給換掉呢？

這是很難說的，傅華已經慢慢體認到，金達有著一些小知識分子的狹隘心胸，如果他做了市委書記，一定會成為一個強勢的領導者，很可能第一個就會對付他。

不過，事情也不一定那麼悲觀，且不說金達能不能成為市委書記，就算他能順利上

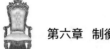

位，有些事情和人他還需要顧忌，起碼目前在雄獅集團這件事上，他還有求於自己，利用這件事，他還可以跟金達抗衡一段時間。

但是這件事情過了之後呢？自己拿什麼來制約金達呢？是不是給金達找點麻煩，不讓金達有機會上位？好比前陣子他違規允許錢總在白灘建設高爾夫球場的事。

傅華突然心頭一凜，意識到自己竟然想用一些見不得光的手法來對付金達，他是怎麼了？難道他真是變得愛搞陰謀詭計了嗎？這可不是一個好現象。

即使金達不仁，他也不能不義。而且，毀掉了金達接任市委書記的機會，也等於是跟曲煒和呂紀直接對上了，後果將會很難預料，就算他的陰謀詭計能夠得逞一時，恐怕未來的趨勢發展對他也是不利的。

傅華心裏嘆了口氣，還是算了吧，既然當初幫金達成爲市長，就不要再去毀掉他成爲市委書記的機會，也算是有始有終，幫人幫到底了。即使將來金達成功上位後會轉過頭來對他下殺手，他也甘願承受，誰叫他當初交友不慎呢？一切任其自然吧。

至於金達當不當得上這個市委書記，就看他有沒有這個運氣了，他是不會去干涉了。

傅華評估，金達想要成爲市委書記，也不是那麼容易的事。金達和孫守義這幾年一直跟孟副省長那一派的人爭鬥不斷，孟副省長一定不會樂見金達成爲市委書記的。再加上態度曖昧不明的鄧子峰，金達想要闖關成功，可有得拚的呢！

傅華在這一刻居然有些同情起金達來，他估計金達此時一定對莫克的死欣喜萬分，以為市委書記的寶座唾手可得，可是他很快就會發現，市委書記的寶座近在咫尺，他想坐上去，卻是千難萬難。這種急切想得到偏偏又得不到的心情，一定很是煎熬。

不過，這些事還是留給金達去費腦筋吧，他目前最需要擔心的不是金達能不能順利上位，而是莫克的死會對雄獅集團去海川考察產生什麼影響。在各方勢力都蠢蠢欲動之際，金達和孫守義還能安下心來，做好接待的工作嗎？

齊州，鵬達路橋集團，張作鵬辦公室。

束濤和張作鵬正對面坐著，兩人都沉默不語，面色很難看。

聽到莫克的死訊，沒有人比束濤更鬱悶的了。他在莫克身上投入了這麼多，莫克這一死，等於他的投入就全部打了水漂了。但是，這還不是最令他鬱悶的，最令他鬱悶的是鋸樹事件。

這件事完全是在莫克的指示下做的，現在警方緊追著這事不放，束濤很清楚，這事遲早會追到他的身上來。他如果說事情是莫克指使他幹的，根本就死無對證，沒有人會相信，還會讓人覺得他在推脫，把責任推到死人身上，不夠厚道。

更可怕的事情還在後面，金達很可能成為海川新一任的市委書記，這比鋸樹事件還要讓束濤頭痛。

從張琳擔任海川市委書記時期開始，束濤就一直跟金達和孫守義處於對立的關係，現在這兩個人即將成爲海川市的一二把手，能夠制衡他們的力量都沒有了，束濤很難想像這兩人會採取什麼手段來對付他。

越想束濤的心情越低落，有坐困愁城的感覺。他的產業都在海川，又無法從海川離開，他只能像砧板上的魚肉一樣，任由金達和孫守義宰割。

但是他不甘心就這麼等死，於是跑到了張作鵬這裏，想從張作鵬這兒瞭解一下新的局勢發展。但是見面之後，束濤發現，張作鵬的心情也不比他好到哪兒去，想來張作鵬在莫克身上也花費了不少的心思，莫克一死，他也是損失慘重。

沉默了一會兒，束濤嘆了口氣說：「張董，莫克這一死，好多事情都不好辦了。」

張作鵬哀怨地說：「是啊，真是一個頭兩個大啊。不說別的，就說莫克是坐我公司的車出車禍這點吧，出事之後，省公安廳馬上就來詢問我，問我莫克怎麼會坐我公司的車，又用車幹了些什麼。」

束濤緊張地問道：「你怎麼說的？」

張作鵬說：「我還能怎麼說啊？只能說是莫克打電話來，跟我要車接他到齊州，說要辦點事情，至於他要辦什麼事，他是市委書記，我怎麼敢問他啊？」

束濤鬆了口氣，他可不想讓人知道莫克出車禍的那一晚，他們三個人是在一起的，便說：「這麼說挺好的，合情合理，想來省公安廳的人也說不出什麼來的。」

張作鵬訴苦說：「省公安廳這邊好辦，麻煩的是那個齊州電視臺的陸曉燕，原本這個女人想從莫克身上撈些好處，莫克一死，她的願望就落空了，於是就纏上我，說她不能被莫克白睡，非要我補償她莫克死亡造成的損失，還說不補償她的話，她就把我跟莫克的交易都給抖出來。束董，現在這些女人啊，都是無賴，想的都是怎麼從男人身上撈取好處。」

束濤急問：「那你是怎麼打發她的？」

張作鵬苦笑說：「還能怎麼打發她啊，花錢消災吧。」

束濤面色凝重地說：「張董，剛才說的這些都是枝節上的問題，現在的關鍵是誰來接替莫克，如果是金達接替了莫克，不但我在海川的日子不好過，恐怕你那個雲泰公路工程也會有麻煩的。」

張作鵬嘆說：「這我清楚，金達和孫守義一直跟莫克不和，我們當初跟莫克走得那麼近，金達和孫守義對我們早有不滿，我們要有心理準備，這倆傢伙很快就會對我們發難的。」

束濤說：「對啊，我擔心的就是這個，你是消息靈通人士，有沒有聽到省裏準備如何安排海川市的班子啊？」

張作鵬說：「目前還沒有什麼明確的消息，只讓金達暫代海川市委工作而已，其他並沒有進一步的消息。」

束濤想了想說：「這樣看來，呂紀應該是傾向讓金達接手莫克市委書記的位置了？」

張作鵬說：「可能性很大啊，在郭奎主政東海的時候，就有意讓金達做市委書記的，只是種種事情的發生，才便宜了莫克。這次莫克死了，阻礙金達上位的障礙被搬掉了，他想不接這個市委書記都難啊。」

束濤嘆了口氣，說：「是啊，金達這傢伙算是熬到了。那孟副省長對此怎麼看？他也贊同金達上位？」

張作鵬說：「孟副省長當然不願意啦，但是目前東海的的形勢複雜，他已經沒有可以力阻金達上位的本錢了。我聽他的意思，他正在等呂紀找他談這件事，只要呂紀提出的條件合適，他就會接受金達上位的。」

束濤難受地說：「看來我們也只有等著看金達這傢伙飛黃騰達了。」

張作鵬苦笑說：「目前來看，也只能這個樣子了。」

束濤又說：「那鋸樹事件怎麼辦，孟副省長就不能拿這個打擊一下金達嗎？」

張作鵬搖搖頭說：「束董，你怎麼還拿這件事做救命稻草啊？省公安廳和海川市公安局的人已經找到了一個嫌犯，叫胡東聲的，這傢伙人在廣東，警方正聯手去廣東要將他緝捕歸案呢。到那個時候，鋸樹事件就會真相大白，你讓孟副省長還怎麼拿這件事情做文章啊？」

束濤的心揪緊了一下，緊張地說：「張董，真的假的，這消息可靠嗎？」

張作鵬說：「當然是真的了，是我在省廳的一個朋友偷著告訴我的。再說，你聽到那人的名字還不知道真假嗎？」

束濤苦笑說：「我還真不知道鋸樹那幫人都叫什麼名字，我好歹也是個老闆，哪可能每件事都親力親爲啊。唉，這都是那個莫克惹的事，害得我還要給他擦屁股。」

張作鵬勸說：「你不想擦也得擦啊，不然怎麼辦啊？你回去趕緊把當初安排民工鋸樹的那個人安撫好，讓他把事情扛下來，我也會想辦法幫你打點打點的，最好是能到你的手下就停止，讓省廳不要繼續深究下去。」

束濤聽張作鵬這麼說，眼睛亮了，看著張作鵬說：「可以嗎？真的能讓省廳不追究到我的頭上來？」

張作鵬說：「束董，我張作鵬總算也在省裏混了這麼多年，這點事再安排不下來，那我還混個什麼勁啊。再說，現在莫克都死了，只要這件事不妨礙到金達接任市委書記，誰還會抓住不放啊？放心吧，我保你沒事的。」

東濤這才鬆了口氣，說：「張董，聽你這麼說，總算去掉我一塊心病了，謝謝。」

張作鵬說：「客氣什麼啊，你我現在同坐一條船上，應該同舟共濟的。」又安慰他說：「東董，你也不用太擔心金達和孫守義這倆傢伙會對你怎麼樣，你們城邑集團是海川數一數二的大企業，無論誰做市委書記，誰做市長，都無法忽略這個事實的，我想那倆傢伙不會傻到非要把你的城邑集團給整倒才甘休的。」

東濤苦笑說：「那倒不至於，不過，今後城邑集團在海川恐怕就像是沒娘的孩子，沒人待見了。」

張作鵬笑笑說：「東董，你也不用這麼喪氣。雖然金達很有希望接任市委書記，但是這事也不是一蹴而就的，他要成爲市委書記，還有一段路要走呢。別忘了，即使孟副省長不阻攔他，還有一個鄧子峰呢，他一定不願意看到呂紀的這個嫡系上位的，說不定他也會想辦法阻攔金達呢。」

東濤點點頭說：「看來我是有點太沉不住氣了。」

東海省政府，省長鄧子峰辦公室。

鄧子峰神情肅穆的站在辦公室的窗前往外看著，一副若有所思的樣子。

鄧子峰是在想莫克意外身亡的事，這個突發事件完全打亂了他的部署，讓他感到有點措手不及。

鄧子峰對莫克的突然死亡感到很惋惜，這倒不是說他喜歡莫克這個人，而是因爲莫克是用來對付呂紀的一張好牌，只要莫克還在市委書記的位置上，莫克就是呂紀用人失敗的最佳例子。加上鄧子峰已經掌握了莫克受賄的證據，隨時可以舉發他，用來痛擊呂紀的陣腳。

本來這張好牌，鄧子峰是準備留在他跟呂紀如果有了劇烈衝突的時候再用的，現在莫克一死，這手好牌就沒機會再打出去了。

另一方面，照鄧子峰的觀察，呂紀一定會讓金達接任市委書記。對金達這個人，鄧子峰印象並不好，更不認爲金達是合適的市委書記人選。

然而，他也提不出一個比金達更適合做市委書記的人，因此他心中的打算跟孟副省長一樣，決定在呂紀提出金達這個人選的時候，先持反對的意見，然後和呂紀談論交換的條件。

而讓鄧子峰考慮更多的，是金達騰出來的那個市長位置，呂紀已經將市委書記的位置安排上他的人，那作爲交換條件，是不是可以把市長的位置讓給他來安排呢？

以現在海川局勢來看，有機會接替市長的人有兩個，一是常務副市長孫守義，另一個是市委副書記于捷。這兩個人中，鄧子峰比較傾向於孫守義。孫守義背後是中央部委的領導，特別是那位趙老，如果能將他拉攏過來，對鄧子峰在東海的發展不無助益。

但是要不要去支持孫守義，就要看孫守義會不會做人了，如果孫守義不來拜他的碼頭，那就意味孫守義和孫守義背後的人沒把他鄧子峰放在眼中，那他也不必捧著孫守義。

說到底，一個人在政壇上的權威，不是你的級別有多高就有多高的權威，很多不是什麼高級別的人，在政壇上的威權反而更高於那些級別比他高的人。

政壇上的權威是建立在兩方面的因素之上，一是你能讓人得到什麼，如果你能給別人他們想要的東西，比如官爵、財富，對方即使級別比你高也必然會敬重你的。這也是爲什麼人事部門的人能夠見官大一級的緣故，因爲他們手裏握著許多人的烏紗帽啊。

第二個，則是你能讓人無法得到什麼！他們想要得到東西前，必須先得到你的認可，否則只能望洋興嘆，他就會因此而畏懼你，而不得不敬重你了。

鄧子峰認爲必要的時候，他需要讓某些人知道不得到他的認可，他們是無法得到想得到的東西的，這也是他在東海省建立自己威信的必要手段之一。

現在鄧子峰對海川市長人選可做的選擇很多，就看孫守義願不願意來投誠他了。

海川，市政府，市長辦公室。

金達正坐在他的辦公桌前聽下面的同志彙報工作。

今天金達已經明顯感受到了莫克死後海川市政壇形勢的變化，就像眼前正在做彙報的這些人，他們來報告的都是一些無關緊要的事，如果是平時，根本就沒有人會拿這些事當回事，專門來彙報的，這些人無非是藉著做彙報來向他表示投靠才是真的。

于捷也過來金達的辦公室，不過，他倒不是來表示投靠的。他來是將擬好的悼詞給金達過目。

金達大概掃了一眼，說：「老于，你這份悼詞擬得很好，客觀的評價了莫克同志的一生，我看可以了。」

孫守義一進門，劉麗華馬上就撲進他的懷裏，開始親吻著他。孫守義的情緒很快被劉麗華給帶動起來，回吻著劉麗華，把她往臥室裏帶。

兩人進了臥室，很快就剝光對方，然後融合在一起。今天的劉麗華似乎特別的興奮，很快就把孫守義帶到了巔峰，然後像泥一樣融化在她身體裏了。

潮水退去，兩人沒有馬上睡去，劉麗華偎依在孫守義懷裏，纖手輕輕的在他胸前撫摸著，親暱地說：「守義，莫克死了，金市長估計要接他的市委書記位子去了，你能不能接金達的市長寶座啊？」

孫守義笑說：「接了怎麼樣？不接又怎麼樣？是不是不接，你就不跟我好了？」

劉麗華嬌嗔道：「去你的，人家喜歡的是你這個人，又不是喜歡市長這個位置，要是喜歡市長這個位子，我去陪金達睡覺就好了，又何必跟你在一起呢？我問你這個，只不過是希望知道這次你有沒有機會，有機會的話，我也替你高興高興。」

孫守義說：「機會總是有的，不過目前的形勢還不明朗，我不好說什麼。誒，麗華，這幾天我可能就不過來你這裏了。」

這個房子是劉麗華到了城建局後，城建局給她安排的。城建局大概是聽聞了劉麗華跟孫守義的曖昧傳言，給劉麗華的待遇就很好，雖然劉麗華沒結婚，但是城建局還是撥給了她一套房子。

孫守義自然明白城建局這麼做是有討好他的意思，正好他也不想讓劉麗華老是去他的宿舍找他，劉麗華有了房子，他們就可以在這裏幽會了，所以對此他也就沒說什麼。

劉麗華的眉頭皺了起來，說：「又怎麼了？你有什麼事情走不開嗎？」

孫守義說：「麗華，你怎麼也是在市政府待過的人啊，怎麼這麼點政治敏感度都沒有啊？莫克這一死，騰出了市委書記的位子，海川政壇將會產生一連串變動。我和金達現在都是焦點人物，一舉一動都會被人關注，我可不想在這個關鍵點上出什麼紕漏。」

劉麗華嘴嘟了起來，不高興的說：「我知道了，你的市長寶座重要，就不想理我了是吧？」

孫守義伸手捏了一下劉麗華嘟起的嘴唇，笑著說：「你又來了，我怎麼會不想理你呢，我只是想避免這段時間有什麼閃失罷了。等過了這個時期，不管我坐不坐上市長的寶座，我都會回來找你的。」

劉麗華不依地說：「可是會不會很久啊，時間太長了，人家會想你的。」

孫守義說：「估計不會很久，形勢很快就會明朗起來的。」

劉麗華這才笑說：「最好是如此。守義，我希望你能順利的成爲海川市新一屆的市長。」

孫守義說：「我也希望啊，只是這件事不如想像中的那麼容易，現在金達能不能成爲市委書記都很難說呢，等他成了市委書記之後，我再來考慮市長的位置也不遲。」

劉麗華很有信心地說：「你一定會成爲市長的，我對你有信心。」

孫守義看得出來，劉麗華對他有可能接任市長很爲興奮，但是他卻明白事情遠不是那麼簡單，就像他所說的，金達能不能成爲市委書記都很難說，更何況是他呢？

現在東海省政壇對海川市的政局很不明朗，莫克出事之後，呂紀只是讓金達暫時主持市委的工作，之後就沒了下文，可見呂紀想要直接任命金達接任市委書記還是有一定的難度。

在這個距離市長寶座只有一步之遙的時候，形勢卻一直不能明朗化，對孫守義來說，不能不說是一種煎熬。

而趙老那邊，他打過電話之後，就沒有進一步的消息了，孫守義雖然心中很急，也不敢打電話催問趙老，只能耐住性子等待。

於是孫守義說：「傻瓜，你有信心有什麼用啊，要省委書記對我有信心才行，很多事你不懂的。」

那一晚，孫守義並沒有在劉麗華那裏消磨很長時間，第二天要舉行莫克的追悼會，因此他跟劉麗華又廝磨了一會兒之後就離開了。

第二天在市殯儀館，莫克的追悼會隆重的舉行了，參加會議的有市級領導以及市屬各部門的領導，朱欣帶著女兒也到場了。

因爲最終省委拒絕了追認莫克爲烈士，朱欣顯得十分的生氣，跟參加追悼會的各級領導握手的時候，一直都是黑著臉。

追悼會結束後，金達和于捷一行人送走了省組織部的副部長。按說省委派一個組織部的副部長代表省委來參加莫克的追悼會，規格是有點低的，但是鑒於莫克出事前行蹤不明，最終省委也沒弄明白他爲什麼會去齊州，在這種狀況下，來一個省委組織部的副部長已經算是不錯了。

送走副部長之後，金達就回到市政府，他把孫守義找了來，問道：「老孫，北京那邊，雄獅集團沒什麼進一步的消息嗎？」

孫守義搖搖頭，說：「沒有，這兩天大家都在忙莫克追悼會的事，我也沒問駐京辦有什麼進展。估計駐京辦那邊也知道莫克出了意外，所以沒有相關的消息彙報過來。」

金達點了點頭說：「這倒也是，傅華大概覺得市裏這段時間會很忙亂吧。」

孫守義說：「現在莫克的葬禮結束了，是不是我打電話問一問傅華啊？」

金達想了想，說：「這個電話我來打吧。」

孫守義看了金達一眼，對金達會親自打這個電話有些意外，這段時間以來，金達要找傅華，基本都是通過他來傳話，很少直接跟傅華聯繫的。現在他主動說要打電話給傅華，是不是想緩和跟傅華的關係了？

孫守義是很樂見於此的，傅華在東海省委、省政府都有一定的影響力。如果傅華想使壞，在鄧子峰或者曲煒那邊施加一些影響力，即使不能阻止金達上位，也會讓金達上位的過程不那麼順遂，因此孫守義很希望金達和傅華能夠和好。

金達就在孫守義的面前撥了傅華的電話，這邊傅華看到金達的號碼，先是愣了一下，從雄獅集團終止考察之後，他跟金達之間的關係就很僵，這個時候，金達卻突然打電話過來，他想要幹什麼呢？

「金市長，找我有什麼指示嗎？」

金達聽得出傅華的口氣很冷淡，他穩定了一下情緒，笑笑說：「是這樣，我想問一下，雄獅集團準備什麼時間再來海川考察啊？」

原來是爲了這個啊！傅華說：「雄獅集團隨時都可以去啊，昨晚紫閔還問我他們什麼時候可以去海川呢。」

「昨晚，紫閔？」金達疑惑的道：「昨晚你們在一起啊？」

傅華這才發現他不經意間透露了他跟謝紫閔的親密關係了。昨晚傅華的確是在謝紫閔那兒過的夜，兩人一番激情之後，謝紫閔問他爲什麼遲遲不安排雄獅集團去海川考察，因而剛才金達這麼一問，他就隨口說了出來。

傅華知道這些領導們對這種事是很敏感的，加上如果被金達知道他跟謝紫閔關係那麼親密，一定會認爲他跟謝紫閔暗地勾結，想從其中謀取好處的。

傅華就解釋說：「哦，是的，我們昨晚在一起吃飯來著，所以談起了這件事。」

金達說：「那你怎麼說的？」

傅華回說：「我擔心莫克書記剛剛去世，市長恐怕沒時間接待雄獅集團，就跟他們說了莫克書記的情況，讓他們稍微等待一下。怎麼，金市長，市裏面已經準備好接待雄獅集團了嗎？」

金達稱讚說：「傅華，你考慮的很周詳啊，市裏最近確實是在忙莫克書記的的事，無法分心。不過莫克書記的追悼會已經開完了，我怕雄獅集團的人等急了，所以打電話給你問一下情況。你這麼處理我就放心了。這樣吧，你跟雄獅集團的人說，給我們兩天時間，兩天後，我們會準備好一切迎接他們的。」

傅華聽到金達表揚他處理得好，暗自搖了搖頭，他搞懂金達主動打電話來的意圖了，他是因爲急需提升政績好爲他上位做鋪墊，所以才會對他這麼客氣的。

傅華心中有一種悲哀的感覺，他明白他在金達的心目中，已經淪爲是一種可利用的工具，他們再也不會是單純的朋友關係了。

傅華便也公事公辦的說：「行，市長，我會把您的話轉達給雄獅集團的。」

「好的，那就這樣吧。」金達就掛了電話。

金達掛了電話，對孫守義說：「老孫，我讓傅華通知雄獅集團兩天後過來，沒問題吧？」

孫守義回說：「沒問題啊，外貿集團的魯朝陽已經準備得很充分了，市裏各方面也都就緒，就等他們來了。」

金達滿意地說：「那就好。老孫啊，你該知道雄獅集團第二次來考察對海川的重要性，如果再搞砸了，我們都沒什麼好果子吃了。」

孫守義笑笑說：「放心吧，市長，我曉得該怎麼做的。」

金達又說：「對了，公安追查鋸樹事件查得如何了？」

孫守義說：「找到一個叫做胡東聲的人，已經去廣東緝拿他歸案了，應該會很快就會真相大白的。」

金達說：「希望能夠快一點，這個案子不解決，對我們有極壞的影響。」

孫守義便說：「那回頭我跟姜非說一聲，讓他加快進度，儘快將胡東聲帶回來。市長，您要不要去省委看看啊？」

金達抬頭看了孫守義一眼，孫守義是想要他去省裏活動一下接任市委書記的事。他何嘗不想回省裏活動活動啊，起碼見見呂紀，搞清楚呂紀對未來政局作何打算。可是他沒有什麼理由跑去省委找呂紀，總不能直接問呂紀這個問題吧？

金達便笑笑說：「老孫，聽你這話說的，我去省委看什麼啊？」

孫守義知道他不是不想去省裏看看，而是沒有理由回省裏，便提醒說：「市長，我覺得您應該去省委跟呂紀書記彙報一下莫克書記的善後事宜，您說呢？」

對呀，金達心中頓時大悟，真是當局者迷啊，現成的理由擺著，自己怎麼就忘了呢？

金達感激地看了孫守義一眼，說：「老孫啊，你說得對，我是應該去省委跟呂紀書記彙報一下的。接待雄獅集團考察的事你就多上心，好好準備一下，我這就去省委。」

金達就去省委找到了呂紀。

呂紀看到他，忍不住就說：「秀才啊，怎麼沉不住氣了？」

金達靦腆地說：「也不是啦，莫克書記的葬禮結束了，我來跟您彙報一下。」

呂紀笑說：「你真的是來報告莫克的事嗎？要是那樣的話，你可別問我關於市委書記的事啊。」

金達笑了，私下他跟呂紀還是可以放肆一下的，便說：「也不是單純報告莫克書記的事啦，我也想瞭解一下您對海川市委是準備怎麼安排的。」

呂紀這才說道：「算你老實了。秀才啊，我知道這次的機會難得，你很想接任莫克的位置。說實話，我也傾向讓你做這個市委書記。但是目前省裏還存在著一些不同意見，有些同志說你現在的政治經驗還不成熟，好比你到海川之後，除了一個海洋科技園項目之外，其他方面都乏善可陳；二是，海川最近發生的鋸樹事件，據說是與你處理舊城改造項目不當有關，你要為此負責；三是，從你跟兩任市委書記的關係處理上看，你並不善於處理班子裏面的矛盾，張琳跟你搞得都無法在一起工作了；而跟莫克，你又變得太過縱容莫克一些不當的行為。市委書記是很需要維護班子團結的，所以就這一點來看，你的能力還不足以勝任市委書記的職務。」

呂紀這三點都說到了重點上，金達被說的後背有些發涼。

呂紀又說道：「秀才啊，你應該很清楚，人家提的這三點並不是毫無根據。如果你只有一兩個小問題，我還能幫你辯解一下，可是這麼多問題，我就不好再多說什麼了。」

金達聽了，忍不住問說：「那您的意思是我沒什麼希望了？」

呂紀說：「那倒也不是，我認爲這三個問題，起碼有兩方面是可以解決的，就鋸樹事件而言，我聽公安廳彙報已經找到了一個嫌犯，相信事情很快就會水落石出；而雄獅集團，我想你也很清楚辦成這件事對你意味著什麼，我就不再跟你廢話了。」

金達趕緊點頭說：「我明白，我已經著手安排讓雄獅集團來海川了，這次我一定會把這件事給辦好，保證不會讓您失望。」

呂紀笑笑說：「我相信這次你會辦好的。不過呢，秀才，有些事我還是需要提醒你一下。在政壇上你要明白一點，那就是你所處的形勢究竟是怎麼樣的，要明白自己在什麼位置上。」

說到這裏，呂紀若有深意的看了金達一眼，接著說道：「所以除非必要，不要因爲一點小事就去針對某些人或者某些事，有時候，往往微不足道你不去注意的東西，卻能壞了整件大事。因此古時候的老官場都愛多幫別人站台，而不輕易去拆別人的台，道理就在這裏。我的意思你明白嗎？」

金達點點頭說：「我明白，書記。」

呂紀說：「既然你明白，那就回去趕緊解決雄獅集團的事吧。我不知道你看出來沒有，解決雄獅集團那件事的關鍵不在那個謝小姐，而是在你們駐京辦主任傅華身上。你把事情的來龍去脈好好想想就會知道，他才是這整件事貫穿起來的關鍵。」

金達仔細想了想，從雄獅集團來海川考察，這整個事態的發展，都有傅華的影子，感覺根本是傅華一手在主導這件事。

呂紀不愧是省委書記，看事情就是比他透澈許多。金達深感佩服地說：「是啊，現在想想還真是這樣。」

呂紀便說：「秀才啊，既然你已經知道關鍵在哪裡，我想你也就知道要如何解決這件事了。」

金達點點頭說：「我明白您的意思了。」

呂紀說：「那你就趕緊回去解決吧。我會把任命新的市委書記的事先壓下來一段時間，希望你能在這段時間內把這件事給處理好。解決好了，市委書記就是你的了；如果解決不好，你也知道後果是什麼啦。」

金達離開後，呂紀的神情變得凝重起來。現在對呂紀來說，不是金達能不能順利接任市委書記的問題。而是他如果不能將金達推上市委書記的寶座，那便代表他這個省委書記在東海的威信將會受到極大的損害。

如果他連一個公認是他親信的人都不能安排好，那他這個省委書記在東海還有什麼威信可言啊?!所以呂紀不管付出多大的努力，都要想法子將金達推上市委書記的寶座。

傅華本來是金達一個很好的幫手，卻跟他搞得關係這麼差，甚至鬧到讓曲煒來自己面前告狀的程度。不管怎麼說，傅華是曲煒的嫡系人馬，就算不看僧面看佛面，金達也應該給曲煒幾分薄面，不該去苛責傅華的。

剛才呂紀在金達面前說的那番話，就是為了再點醒他一下，也不知道他聽明白了沒有。有時候，官場上難鬥的並不是什麼大人物，而是那些不起眼的小角色，好比那個傅華，在東海政壇上似乎不算是什麼咖，甚至上不了一些重要的臺面，但是他背後的那些老傢伙，卻是連自己這個省委書記都要小心應付，更別說他金達了。

尤其是他現在跟省長鄧子峰走得很近，看來他對鄧子峰的影響也很大。他感覺鄧子峰新近提出的那個建設東北亞國際貿易中心區的經濟發展戰略，就與傅華有很大關係。他猜想這個黃金海岸的構想，一定有部分是源自於傅華的想法。

呂紀心中已把傅華畫上是鄧子峰的人的記號了，他就很懷疑這次鄧子峰反對金達接任市委書記，是有傅華的因素在其中，是傅華對金達不滿，才故意讓鄧子峰為難金達的。

他也知道鄧子峰反對金達出任市委書記，實際上是一種政治上討價還價的伎倆，所以呂紀再次的點醒金達，讓他多尊重傅華的意見。

第七章

借勢使力

鄭老面授機宜說：「我想借勢給你，把我這個做爺爺的氣勢借給你用，
你用我的氣勢去逼迫小莉回來。
你只要記住一點，你代表的是我這個老頭子，
拿出你的強勢姿態來，那我出不出面，效果都是一樣的。」

金達從呂紀辦公室離開之後，也沒有心情回家看老婆，直接就趕回了海川，他現在的當務之急，是儘快搞定雄獅集團的事，以便早日能夠成為海川市的市委書記。

在路上，金達接到了孫守義的電話，孫守義興奮地說：「市長，跟您報告一個好消息，姜局長剛剛打電話來，說是已經抓到了鋸樹的嫌疑犯胡東聲了，據初步審訊，這是城邑集團下屬一家建築公司經理，叫李龍彪的指使他們幹的。」

這個胡東聲抓得真是太及時了，胡東聲既然承認鋸樹是城邑集團的人指使他們幹的，也就是說，這是城邑集團因為沒有得標舊城改造項目而做的報復行為，責任在城邑集團和束濤，而非他這個市長。

金達高興的說：「那太好了，老孫啊，有沒有趕緊安排公安部門抓捕李龍彪啊？」

孫守義說：「姜非已經安排市公安局的幹警去抓李龍彪了。」

金達稱讚說：「這次姜非做得不錯，抓到李龍彪，我們市政府讓市民產生的誤會也就能澄清了。老孫啊，這件事既然已經有了眉目，你就交給姜非去處理吧，你還是把重心放在接待雄獅集團上面。為了保險起見，你先跟魯朝陽碰個面，交流一下看法，看看還有什麼問題沒有。我現在在趕回海川的路上了，我回去後再聽這方面的彙報。」

孫守義立即答應道：「好，我馬上就聯絡魯朝陽，看看他做了什麼準備，回頭跟您彙報。」

四個多小時後，金達回到海川。

見面後，金達就問：「老孫，外貿集團都準備了什麼？」

孫守義詳盡的報告了魯朝陽告訴他外貿集團所做的準備工作，金達聽完，沉吟了一會兒，說：「聽起來外貿集團準備的還算充分，不過，你有沒有再想想還有什麼疏忽或者遺漏的地方？這次我們可是只准成功不能失敗的。」

孫守義看金達很緊張，知道肯定是呂紀給了他很大的壓力，便笑笑說：「市長，我跟魯朝陽都覺得目前能做的就是這些了，有些方面需要跟雄獅集團在談判中再交換意見，畢竟我們也不能做太大的讓步，不然有心人會說閒話的。」

金達點了點頭，孫守義說的很有道理，既要想辦法留住雄獅集團，又要保證外貿集團沒有對雄獅集團做出太大的讓步，必須在兩者間找到一個平衡點，金達便點點頭認可了孫守義的報告。

就在這時，孫守義的手機響了，是姜非打來的。

姜非報告說：「副市長，我剛剛接到省廳的電話，說是李龍彪主動去省廳自首了，現在人在省公安廳呢。」

孫守義詫異地說：「他自首了？這傢伙消息好快啊，剛說要抓他，他就自首了。你知道他跟省廳說了些什麼嗎？」

姜非說：「李龍彪承認鋸樹是他搞出來的，把責任都攬在自己身上。說是他因爲看到丁益和伍權的房地產公司在舊城改造項目上大賺其錢，他們公司卻沒事可做，一時憤恨，就讓人鋸了那幾棵老樹，想要栽贓嫁禍給丁益和伍權。」

孫守義眉頭皺了起來，李龍彪這麼說，就是李龍彪個人的責任了，而與束濤和城邑集團無關，這與他原本的預想有很大的差距。

孫守義又問：「那省廳的人怎麼看李龍彪的口供？」

姜非回說：「省廳的人認爲李龍彪的說法是可信的，由於沒有其他的證據，所以傾向認定這份口供是真實的。」

孫守義說：「那姜局長你是怎麼看這件事呢？」

姜非分析說：「我認爲李龍彪這麼說，是想自己把全部責任攬下來，好讓某人脫罪。而且李龍彪搶在我們抓他之前就跑去省廳自首，事先一定是有人跟他通風報信，加上李龍彪捨近求遠跑去省廳自首，也許省廳有什麼人在庇護著他也不一定。不過，副市長，雖然我的看法跟省廳不一致，但是我也沒辦法推翻省廳的認定。市公安局必需要服從省廳的。」

孫守義聽了說：「我明白，姜局長，行了，這件事你已經做得很好了。」

孫守義就掛了電話，然後對金達說：「市長，李龍彪已經把全部責任都攬下了，恐怕這次追究不到東濤和城邑集團了。」

剛才姜非的話，金達在一旁都聽到了，他也知道姜非無法跟省廳對抗，雖然這個結果他不是很滿意，但是不管怎麼說，這與市政府和丁益伍權他們沒有任何關係，他總算可以從這件事情中脫身了。

金達就笑笑說：「那就算了，我們就不要去管它了，重點還是放在雄獅集團的考察上吧。」

謝紫閔與雄獅集團的人和傅華再次來到海川，海川市的接待明顯變熱情了，孫守義和魯朝陽一起到機場接機。

中午，金達也來陪同謝紫閔一行人吃了午餐，對雄獅集團再次蒞臨表示了十二萬分的歡迎。

在海川市區方面，員警都換上便衣，在街頭加強巡邏執勤，確保海川市街頭的秩序。

由於外貿集團事先做了充分的準備，這次談判進行的十分順利。經過一番討價還價後，雙方確認在外貿集團現有的設備基礎上，成立一家合資公司，雄獅集團出資金，外貿集團則是把公司的軟硬體設備投入到新公司中。至於持股比例，則是各占一半。

原本雄獅集團是準備要持股百分之五十一的，也就是說，他們想要控股這家新的公司，不過金達考慮到國有資產會有所流失，便堅持不肯答應。

雙方一度僵持不下，金達還到傅華房間，跟傅華深談了一次，讓傅華想辦法幫他說服雄獅集團的人。

傅華自然知道金達的苦衷，目前正是金達爭取市委書記的關鍵時期，容不得半點閃失；同時這次金達在傅華面前表現出了足夠的謙卑，他也不好再擺架子，就答應幫忙協調，最後終於達成雙方各持一半股權的協議。不過，謝紫閔也爭取到讓雄獅集團的人出任合資公司董事長的條件。

至於總經理的人選，雙方倒沒什麼爭執，雄獅集團也看好魯朝陽，認爲沒有比他更合適的總經理人選了。雄獅集團則另外又派了一個人出任副總經理，參與合資公司的日常行政管理。

傅華原本擔心魯朝陽從董事長變成總經理會有什麼不滿，私下聊天的時候，跟魯朝陽特別溝通了一下。

沒想到魯朝陽對此並不介意，反而說：「老弟，我怎麼會不滿意呢?合資成功，外貿集團等於是擴大了一倍的規模，我從工作就在外貿集團，畢生的願望就是想把外貿集團做大，現在高興還來不及呢。再說，雄獅集團是進出口業的金字招牌，他們肯定會將各種先進的經驗帶進合資公司的，我相信這家合資公司一定會發展得很好，豈會因爲這點虛名就放棄外貿集團發展的大好機會呢？」

傅華明白魯朝陽是那種很有使命感的企業家，一心只把企業發展好爲唯一的宗旨，很少私心雜念，難怪魯朝陽能把外貿集團帶領的這麼好。可惜的是，時下這種有使命感的當家人越來越少了，雄獅集團能找到魯朝陽這樣的合作夥伴，也算很幸運的。

協議草簽之後，海川市政府爲此舉行了一場慶祝酒會，在酒會上，金達特別跑來給傅華敬酒，當面表揚傅華這次的功勞，說海川市政府和他本人都很感謝傅華。

金達這麼做有十分強烈的做秀味道，傅華不但不感到高興，反而很彆扭。這些都是沒用的官話，沒有一點讓人感動的真情實意在內。

酒會結束後，傅華回到房間，剛進門，謝紫閔的電話就來了，嬌聲說：「我在等你呢，快過來我房間。」

傅華心裏馬上澎湃起來，謝紫閔這是在挑逗他呢，謝紫閔的房間就在傅華隔壁，他開了門，看看走廊沒人，很快的去了謝紫閔的房門前。剛想敲門，門在這時開了，謝紫閔伸出手一把就將傅華拉了進去。

謝紫閔已經換了一身半透明的睡衣，胴體若隱若現，一副誘人之極的媚態。由於兩人在酒會上喝了不少的酒，都有點興奮，加上合資的事情搞定，心情更是十分輕鬆，兩人撕扯著倒在一起，很快就開始激戰起來。

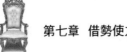

好一番折騰之後，兩人躺倒在床上喘息著時，傅華的手機突然響了起來，謝紫閔奇怪地問：「這麼晚了，誰找你啊？」

傅華擔心是市裏面哪位領導找他，趕忙把手機拿出來一看，不禁愣住了，竟是鄭老的號碼。

他這段時間很怕跟鄭老聯繫，尤其是鄭莉去了巴黎之後。他只在節日才打個電話問候一下，儘量避免去見鄭老，現在鄭老的電話竟打了過來，他衝著謝紫閔做了一個噤聲的動作，這才接通了手機，說：

「爺爺，您怎麼這麼晚還沒休息啊？」

鄭老氣呼呼地說：「我休息什麼啊，我沒被你們氣壞就不錯了。」

傅華心裏咯登一聲，鄭老一定是知道他跟鄭莉的事了，就強笑了笑說：「怎麼了爺爺，什麼事惹您生氣了？」

鄭老沒好氣地說：「你還知道我是你爺爺啊？怎麼你跟小莉發生那麼大的事，在我面前卻連吭一聲都不肯啊？」

傅華苦笑了一下，說：「對不起啊，爺爺，我不跟您說，是怕您生氣傷了身體。是我不好，做了對不起小莉的事。」

鄭老責備說：「你不說難道我就不生氣了？」

傅華只好認錯說：「對不起啊爺爺，這件事都是我不好。您可千萬別因爲這個生氣啊。」

鄭老莫可奈何地說：「行了行了，你不要老是跟我認錯了，小莉的父親跟我說了事情的來龍去脈，你啊，是有做得不對的地方，不過總是無心之失，我也不想責備你什麼了。」

鄭老的話，讓傅華差點掉下淚來，一直以來，鄭老對他都是這麼好，便哽咽地說：「謝謝爺爺您能體諒我。」

鄭老疼惜地說：「行了，我知道你這些日子肯定不好過，這事你早該跟我說的，你說了，恐怕事情早就解決了。」

傅華愣了一下，說：「爺爺，你是說你有辦法讓小莉回來？」

鄭老說：「那當然了，不然我給你電話幹什麼？你以爲我願意聽你認錯啊？誒，你現在在哪裡啊？」

傅華說：「我現在陪一個投資考察團在海川。」

鄭老便說：「那你什麼時候回來啊？」

傅華說：「這邊的事情已經告一個段落了，明天就能回去。」

鄭老聽了說：「那回來之後，就過來看看我這個老頭子吧，到時候我們再來商量如何解決這件事情。」

傅華趕忙說：「好的，我回北京後，馬上就去看您。」

鄭老就掛了電話，傅華收起手機，回頭看到謝紫閔正瞪著眼睛看著他呢，這才意識到他跟鄭老談的話，似乎讓謝紫閔聽到並不好。剛剛他才跟謝紫閔一番激情，轉眼間他又表現出急於跟鄭莉和好的態度，看在謝紫閔眼中，心裏肯定不是滋味。

傅華有點歉意的沒話找話說：「剛才打電話來的是鄭莉的爺爺。」

謝紫閔點點頭說：「我知道，我剛才聽你叫他爺爺了。」

傅華瞅了謝紫閔一眼，陪著小心的說：「我跟爺爺談跟鄭莉和好的事，你是不是生氣了？」

謝紫閔裝著不在意地說：「傅華，你不用對我抱歉，一開始我就說過了，我不會干預你婚姻的事的。我清楚你放不下鄭莉，你放心好了，我們在一起只是各取所需，你千萬不要有什麼負擔。」

雖然謝紫閔這麼說，傅華卻覺得謝紫閔心中一定不會這麼超脫，沒有一個女人可以這麼不在乎自己喜歡的男人想著別的女人的。不過這件事本來就是一件糾結不清的事，傅華即使做任何解釋，都很難解釋的恰到好處。

傅華便去抱了抱謝紫閔，想要安慰她一下。

謝紫閔任由傅華抱著，爲了讓傅華放心，溫柔地摸了摸傅華的臉，說：「好了，你不用擔心我了，我沒事，你不要因爲我感到爲難，如果鄭莉回來，你覺得跟我往來不好，我們就結束，好嗎？」

身體是不會撒謊的，傅華這才相信謝紫閔並沒有生他的氣，這個女人能這麼寬容的對他真是不容易，他感動的抱緊了謝紫閔，說：「紫閔，還是你對我好。」

第二天，傅華就和謝紫閔一行人返回北京。

當晚，傅華就去了鄭老的家裏。

他有些羞愧地問候了鄭老夫妻，偷眼去看兩人臉上的神色，幸好兩夫妻臉上並沒有不高興的樣子，他才放心了些。

鄭老質問說：「傅華啊，你是不是準備不再登我的門了？」

傅華臉紅了一下，說：「爺爺，我不是不想來，而是沒臉來，我做了錯事，對不起小莉，您和奶奶罵我一頓吧，這樣我心裏還好受些。」

鄭老擺了擺手說：「你不用這樣，事情的來龍去脈我都清楚了，說起來也不能全怪你，我想這些日子小莉帶著傅瑾去了法國，你被懲罰的也夠了吧？」

傅華點點頭說：「是啊，我很想小莉和傅瑾，可是我連個電話都不敢打給他們。」

傅華說的有點發虛，鄭莉離開的這些日子，他和謝紫閔卻走在了一起，他這段時間其實過得並沒有那麼的難受。

當然，這並不是他不希望鄭莉回來，鄭莉對他來說還是很重要的，再加上傅瑾，如果讓傅華在鄭莉和謝紫閔之間選擇的話，他肯定是選擇鄭莉的。

鄭老聽了說：「你想兒子，你當我和你奶奶不想我的小曾外孫啊！」

老太太在一旁說：「是啊，我們老兩口子想小瑾都想壞了，心中奇怪爲什麼小莉會帶他去什麼法國，還這麼久不回來，你爺爺就找了小莉的爸爸來逼問，這才知道你們鬧了這麼一齣。還有啊，你被趙婷的那個洋人老公給捅傷了，身體恢復得怎麼樣了啊？」

傅華的頭低了下去，說：「我的身體恢復的差不多了，都是我不好，奶奶。」

老太太忍不住說：「這件事你確實是做得不好，你做事如果多一點防人之心，就不會被人算計的那麼狠了。」

鄭老在一旁說：「好了，你就別說他了，你沒看他的頭都低到地上去了嗎！傅華啊，我讓你來看我，並不是要聽你認錯的，而是要和你商量該想個什麼辦法，讓小莉和傅瑾趕緊回來。」

傅華說：「爺爺，我也想讓他們快點回來啊，可是小莉她根本就不肯聽我的，連電話都不肯聽，我真是沒辦法啊。」

鄭老責備說：「傅華，這就是你處理這件事最失敗的地方了。你怎麼能讓事情走到這一步呢？」

傅華看了一眼鄭老，不解地說：「爺爺，您的意思是？」

鄭老說：「就我對你和小莉的瞭解，你們倆都深愛著對方，既然這樣，這應該是很好解決的。你確實是做錯了，但是人孰能無錯啊？更何況，你那是被人算計的無心之失，你能處理得好的話，就不會把這件事搞得像現在這麼被動了。」

傅華訴苦說：「爺爺，我很想處理好這件事的，我一直跟小莉道歉，她卻怎麼也不肯原諒我。」

鄭老搖搖頭說：「你那麼做一開始就是錯的，你不該把主動權交在小莉手裏。作爲女人，聽到自己丈夫出了這種事，一定會惱怒到失去理智的。小莉那種倔強的個性更是如此。這種狀況下，你怎麼還能指望她會原諒你啊？」

傅華納悶地說：「那我應該怎麼做呢？」

鄭老分析：「你應該強勢起來才對的。如果是我來處理，我一定會說這件事你是被人設計的，錯不在你，希望小莉能夠跟你共度這個難關。我想你如果這麼說，可能現在事情的形勢就完全不同了。」

傅華愣住了，鄭老畢竟是久經沙場的政壇老將，處理矛盾經驗豐富。他這種說法，對事情的描述就是另外一種格局了。

按照傅華原本描述的情形，是他自己做錯了事，所以希望鄭莉能夠原諒他。但是如果按照鄭老的說法，他是被人陷害的，他才是受害者，希望鄭莉能夠體會到這一點，從而夫妻一起共度難關。

雖然沒辦法讓時間倒流，試試鄭老的說法行不行得通，但是傅華仔細想想，鄭老的說法的確更好一些。他把這件事情變成了夫妻需要共同面對的難題，讓鄭莉體會到夫妻患難與共的感覺，就會暫時忘記傅華跟其他女人之間的曖昧不清。

傅華不禁苦笑說：「爺爺，還是您有智慧啊，我怎麼當時沒想到這一點呢？」

鄭老說：「這也是我幾十年政壇經驗總結出來的心得，傅華啊，以後無論你在工作中還是生活中，你都要注意一點，什麼都可以失去，就是不能失去氣勢。氣勢在，你還有贏的機會；氣勢沒了，你就已經輸了。你懂得下圍棋吧？」

傅華說：「會一點。」

鄭老說：「那你聽說過圍棋上一個很有名，關於李世民和虯髯客故事吧？」

傅華點點頭說：「聽說過。」

鄭老講的是一個流傳很廣的故事，隋末唐初，天下剛定，虯髯客欲與大唐逐鹿中原，他聽說李世民是個了不得的英雄人物，便決定親自去會一會李世民。

他想，如果傳言非虛，李世民真的很厲害，他就退出這場角逐，把天下讓給李世民；

如果李世民只是浪得虛名，再與他爭天下也不遲。

李世民平時喜歡下圍棋，這天，他正在書房不知道打哪位國手的譜，虯髯客飄然而至，提出要和李世民手談一局。

李世民馳騁沙場多年，好歹也見過大世面，當下處亂不驚，欣然應允。

不料，虯髯客雖然是客，卻一點也不客氣，一把抓起四個棋子，分別下在四個星位上，意味深長的對李世民說道：「我虯髯客將來一定要雄霸四方！」

李世民一聽虯髯客這話暗藏機鋒，立馬明白這廝不是來下棋，而是衝著大唐江山來的，氣勢上可不能輸給他。

當下略一沉吟，對虯髯客微微一笑，拈起一個下在天元位置上的棋子說道：「那我李世民就要天下奪魁！」

虯髯客心頭一震，自愧胸襟氣魄不及李世民，從此率部退回東瀛，不復有爭天下的念頭。

鄭老說：「既然你知道這個故事，你就應該知道李世民之所以會贏，並不是他的棋藝強於虯髯客，而是他的氣勢勝過了虯髯客。大凡成功者，都有一種無比強烈的自信。因爲他們有這種胸襟和氣度，有著對成功的強烈渴望。你呢？我感覺你什麼都好，就是欠缺了這種氣勢。」

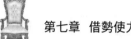

鄭老又語重心長地說道：「傅華，我們剛認識的時候，我感覺你身上那種無所畏懼的氣勢是有的，對我這個老頭子，你能用一種平等的心態跟我交流。但是你跟小莉結婚之後，你身上的這種氣勢越來越不見了，你變得對小莉畏懼，怕她了。是不是我們鄭家給你太多的壓力啊？上次你們那個市委書記要見我，你不就是因爲小莉不願意，連說都沒敢跟我說嗎？」

傅華承認說：「爺爺，您真是法眼如炬，可能是因爲您在政壇上的地位，小莉在我們這段婚姻關係中變得越來越強勢了。」

鄭老笑說：「你搞錯了，不是小莉變得強勢，而是你的氣勢弱了。夫妻間的關係其實跟很多事情一樣，都是此消彼長的。」

傅華想了想，同意說：「也許吧，爺爺，好像不知道從什麼時候開始，我對小莉就有一種畏懼的心理了。」

鄭老說：「這就是了，是你的畏懼心理縱容了小莉的強勢。你這樣是不行的，夫妻應該關係平等才行，否則即使你們這次沒事，早晚也會出問題的。」

傅華說：「那爺爺您的意思是？」

鄭老說：「我要你強勢起來逼著小莉回來，只有這樣，你們的這段婚姻還能有救，不然你們這麼天各一方，感情會越來越淡漠，只會漸行漸遠的。」

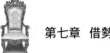

傅華爲難地說：「可是我現在沒有本錢對小莉這麼要求的。」

鄭老笑說：「狐假虎威你知道吧？」

傅華看了鄭老一眼，說：「爺爺的意思是想出面幫我叫小莉回來？」

鄭老搖搖頭說：「你沒懂我的意思，這個面我是願意幫你出，但是如果是我來出這個面，那就是靠我的威勢才讓小莉回來的。對你的狀況並沒有什麼根本的改善，你的氣勢還是很弱，即使小莉回來了，也改變不了你們現在這種僵持的局面。」

傅華一頭霧水地說：「那爺爺您是想我怎麼做呢？」

鄭老面授機宜說：「我想借勢給你，把我這個做爺爺的氣勢借給你用，你用我的氣勢去逼迫小莉回來。你只要記住一點，你代表的是我這個老頭子，拿出你的強勢姿態來，那我出不出面，效果都是一樣的。」

傅華若有所思，思考著要如何跟鄭莉說讓她回來的事。

鄭老看著傅華說：「傅華，我話已經說到這裏了，你不會是還不知道怎麼辦吧？」

傅華有所領悟地說：「我知道怎麼辦了，爺爺，謝謝你了。」

鄭老慈藹地說：「跟我就不用客氣了，早點把小莉和傅瑾給我帶回來才是正事。」

鄭老又忍不住教訓說：「還有啊，傅華，你也要從這件事中吸取教訓。你知道你現在給我一種什麼感覺嗎？你身上初到北京來的那種銳氣都被消磨掉了，好像就是在駐京辦混日子的，如果你老是這樣下去的話，你這輩子也就是一個碌碌無爲的小官僚了，不會有什麼出息的。」

傅華低著頭說：「爺爺您說的對，最近，我是有點不在狀態上。」

鄭老瞅了傅華一眼，說：「傅華，你到底在怕什麼啊？雖然我不希望你打著我的旗號四處招搖，但是我鄭某人的孫女婿也不是可以任人欺負的，今後你給我把脊梁骨挺直了，不要弱了我的氣勢。」

鄭老表達了支持他的立場，傅華也覺得最近他真是過得太萎靡了，才讓鄭老這麼擔心。現在老爺子給他打了劑強心針，讓傅華底氣壯了很多，就挺直了腰板，說：「爺爺您放心，我會挺起胸膛做人，絕不會給您丟臉的。」

鄭老滿意地說：「這就對了嘛。這才像我的孫女婿，行了，你現在趕快去把小莉和小瑾給我叫回來再說吧。」

回到家中，傅華腦子裏已經有了一套完整的思路了，於是他找出鄭莉在巴黎的電話號碼，把電話撥了過去。

電話過了很久才接通，鄭莉的聲音顯得很遙遠，淡淡的說：「傅華，我不是說過半年之內不要跟我聯繫嗎？」

傅華沒去理會鄭莉的責問，而是問道：「小莉，你跟傅瑾在法國過得好嗎？」

鄭莉對傅華不回答她的問題有點惱火，說：「好不好你都管不著。」

傅華卻說：「我怎麼管不著？你是我的妻子，傅瑾是我的兒子啊。」

鄭莉冷笑一聲，說：「你還記得我是你的妻子啊？」

傅華也有點火了，說：「小莉，你別太過分啊，這段時間我受的懲罰也該夠了吧，你也清楚我是被人陷害的，你到底想我怎麼樣呢？」

鄭莉毫不示弱地說：「我不想你怎麼樣，我只想你不要來打攪我和小瑾的生活就好。傅華，你今天這是怎麼了，是想打電話來跟我吵架的嗎？」

傅華冷靜地說：「小莉，我不是想跟你吵架的，我厭倦了這種被你像當空氣一樣漠視的生活了。我打電話給你，是想跟你說兩件事。」

鄭莉便說：「什麼事，趕緊說！說完我還要帶小瑾出去玩呢。」

傅華說：「第一件事，是爺爺知道我們的事了，他想要你回來，他和奶奶都很想小瑾。」

鄭莉驚說：「傅華，我不是告訴你不要把這件事告訴爺爺嗎？你不要妄想利用爺爺來逼我跟你和好啊。」

傅華說：「小莉，我自問還不是那麼卑鄙的人。你可以去問爺爺，他會告訴你，是你

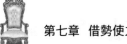

爸爸跟他說的，不是我。」

鄭莉質問說：「你是說是我爸跟爺爺說的？」

傅華說：「是的。第二件事就是，小莉，我認真想了想我們發生的事，我想說的是，你無須等到六個月了，你回來吧，別讓爺爺這麼大年紀還牽掛著你和小瑾。時間已經過去這麼久了，如果你還是無法原諒我，我願意退出你的生活，什麼條件我都能答應你，你無須爲了避開我遠走法國。」

鄭莉一聽反而愣住了，好半天才說：「傅華，你這麼說是什麼意思啊？你想跟我離婚？」

傅華說：「我不想，但是我更不想我們這樣互相折磨，那樣就算是熬過了這六個月，我們的感情也會變淡的。你別在法國了，回來吧，回來你想讓我怎麼樣都可以的。」

鄭莉遲疑了一下，說：「傅華，你不會是在跟我玩以退爲進的把戲吧？」

傅華實際上就是想以退爲進，他覺得只有把鄭莉逼到牆角，他們的關係才有可能徹底扭轉。

傅華笑笑說：「小莉，我這個人不是那麼沒品吧？行，你非要這麼認爲也可以，無所謂。你還是趕緊回來吧，別讓爺爺奶奶太掛念你們了。」

鄭莉好半天都沒說話，她在思考著要不要回來，如果僅僅是傅華的要求，她就會毫不考慮的拒絕了，但是爺爺和奶奶想她和小瑾，那就是另外一回事，她必須要顧慮兩位老人的心情和健康。

傅華知道鄭莉在猶豫不決，不過他既然抬出了鄭老，估計鄭莉拒絕的可能性就很低。有了這種底氣，傅華決定不再去央求鄭莉了，便強勢地說：「小莉，回不回來你自己決定吧，我掛了。」

傅華沒等鄭莉有什麼反應，直接就掛了電話。

鄭老說得不錯，如果一味的去央求鄭莉，不但於事無補，反而會讓鄭莉覺得他的錯誤不可原諒。他必須做出強硬的態勢出來，這樣才會讓鄭莉理智的思考他們的未來，也才有可能融化彼此間存在的堅冰。

而傅華之所以敢這麼強勢，也是在賭鄭莉對他還有愛意，如果不是這樣，鄭莉也不會要求六個月的期限了。

不過，掛斷電話之後，他的心仍有些七上八下的，又擔心鄭莉會不會被他這麼一逼，選擇更極端的做法。

想來想去，傅華的心無法定下來，就撥了徐筠的電話，想要徐筠幫他探聽一下鄭莉的動靜。

第八章

假面夫妻

鄭莉嚴肅地說：「我之所以不跟你離婚，是因為不想爺爺奶奶傷心，
所以我們只需要在他們面前扮演好夫妻就行了，其他時候，我希望你從家裏搬出去。」
原來鄭莉只是想讓他們扮演一對假面夫妻啊。

傅華問：「筠姐，你最近跟小莉有通過電話嗎？」

徐筠說：「通過啊，前兩天還跟她聊了很久呢，她和小瑾在法國過得還不錯，你不用擔心。」

傅華說：「我知道她們過得不錯，我剛才才打電話去的。」

徐筠愣了一下，說：「你剛才打電話去？她不是限定了六個月的期限嗎？你怎麼可以給她打電話呢？」

傅華說：「本來我也不想的，是小莉的爺爺奶奶想小莉和小瑾，讓我打電話勸小莉回來的。」

徐筠聽了說：「哦，是這樣啊，那小莉怎麼說？她要回來嗎？」

傅華說：「她沒說回不回來。」

徐筠嘆說：「小莉的心可真夠硬的，傅華，你是不是想讓我幫你跟她說些好話啊？」

傅華苦笑說：「不是的筠姐，我在電話裏向小莉下了最後通牒了，我跟她說，如果她無法原諒我，我願意退出她的生活，她可以回來了。」

徐筠一驚，說：「傅華，你這麼說是什麼意思啊，你準備跟小莉離婚？」

傅華說：「不是的，我是想逼一下小莉，不然的話，我們老是這樣子不見面，最終的結果可能也是分手。」

徐筠質疑說：「可是你不怕小莉被你這麼一激更走極端，索性就答應跟你分開嗎？」

傅華坦承說：「我很怕，所以才打電話給你，我想小莉應該會跟你談談的，你可要儘量幫我圓一下場才行啊。」

徐筠罵說：「你這傢伙，這不是讓我跟你合起夥來對付小莉嗎？」

傅華拜託說：「筠姐，我也是實在沒招了，你不幫我，那我和小莉就真的只有散夥一途了，你也不想看到我們分開是吧？」

徐筠嘆說：「好吧，我會幫你打圓場的。」

傅華總算鬆了口氣，徐筠答應幫他，等於是幫他建立起一道防火牆，避免鄭莉真的走極端要跟他分開。

過了一天，徐筠打電話來，報訊說：「傅華，小莉說她準備帶傅瑾回北京了。」

傅華趕忙問道：「那小莉有沒有說起我啊？」

徐筠說：「這她倒沒說，要不我幫你問問？」

如果徐筠問了的話，以鄭莉的聰明，馬上就會知道是怎麼回事了，傅華趕忙阻止說：「別，筠姐，你千萬別問。你問小莉，她就會對我起疑心了。」

徐筠聽了說：「那我就不問啦。傅華，你接下來準備怎麼辦啊？」

傅華苦笑說：「還能怎麼辦啊，隨機應變吧。筠姐，小莉如果告訴你她什麼時間回北京，你可要跟我說一聲啊。」

徐筠答應了：「這我肯定會跟你說的。」

結束跟徐筠的通話之後，傅華的心情有點茫然，好消息是鄭莉和小瑾總算是要回來了，但是鄭莉沒有表明對他的態度，他跟鄭莉的婚姻還是前途未卜。

另一邊，他跟謝紫閔的關係又要怎麼去處理，傅華心中也沒有底。雖然謝紫閔一直說他們是各取所需，互相之間並不想有約束，但是鄭莉如果回到他的身邊，那他跟謝紫閔的關係就必須要終止了，他可不想玩那種在兩個女人之間遊走的危險遊戲。

他不知道謝紫閔對此會是什麼樣的反應，傅華對謝紫閔是心存愧疚的，在他最失意的這段時間，是謝紫閔一直在給他打氣，幫他走出了困境，他感覺欠了謝紫閔一份情。

轉天，謝紫閔打電話來，說雄獅集團董事會已經通過了跟外貿集團的合資協議案，她要去海川簽訂正式的協議，問傅華要不要一起去。

傅華說：「我就不去了，鄭莉要回來了。」

謝紫閔愣了一下，隨即淡淡地說：「這是好事啊，傅華，你們就要夫妻團圓了。」

傅華苦笑了一下，說：「我也不知道鄭莉回來對我會是一個什麼樣的態度，我心裏現在很亂。」

謝紫閔笑笑說：「那就是你自己的事啦，我就管不著了。」

傅華不知道該如何說下去，呆了一下說：「那就再見吧。」

謝紫閔掛了電話，傅華心中不禁惆悵起來。

傅華心情忐忑的帶著一束鮮花，跟徐筠一起在首都機場迎接鄭莉。

鄭莉看到傅華，臉色馬上就沉了下來，瞪了一眼徐筠，說：「筠姐，你讓他來幹什麼啊？」

徐筠陪笑著說：「小莉啊，傅華一直在盼著你回來的，我告訴他，也好讓他來接你啊。」

傅華上前一步，把鮮花遞給鄭莉，然後伸手去想要把傅瑾抱過來，邊說：「讓我看看小瑾長大了多少。」

鄭莉遲疑了一下，似乎不想把傅瑾交給傅華，徐筠在一旁扯了一下鄭莉的胳膊，說：「小莉，你別太過分了啊。」

鄭莉這才鬆開手，讓傅華把傅瑾抱了過去。

傅瑾並不知道父母之間發生了什麼事，只是用黑漆漆的眼睛打量著傅華。幾個月不見，他對傅華有些陌生感。不過隨即就認出了傅華，伸出一隻嬌嫩的小手去抓傅華的臉。

傅瑾的動作讓傅華心酸了一下，他湊上去讓兒子抓住了他的臉。

徐筠這時在一旁湊趣說：「小莉你看，到底是父子啊，多親熱啊。」

鄭莉冷哼一聲，不去看傅華，自顧的就往外走。

出了機場大廳，鄭莉說：「我坐筠姐的車，把傅瑾給我。」

傅華便問：「那你接下來去哪裡啊？回不回家啊？」

鄭莉說：「我要去看爺爺奶奶，我跟你說，你可別跟過來，否則我可對你不客氣啊。」

傅華愣在當場，只好把傅瑾遞給鄭莉，看著兩人上了徐筠的車，離開了首都機場。

傅華好一陣子才回過神來，撥了電話給鄭老，跟鄭老通報鄭莉要去看他們的事。

鄭老問：「那你呢？」

傅華無奈地說：「我在機場，本來想送小莉去您那兒的，可是她不讓我送。」

鄭老聽了說：「她不讓你來，你就不敢來我這兒了？你趕緊給我過來。」

有了鄭老這句話，傅華就放心了，便說道：「好的爺爺，我馬上就趕過去。」

傅華到了鄭老那裏，鄭莉和鄭老兩口子正聊得高興呢。老太太抱著傅瑾，臉上的笑容格外的燦爛。

鄭莉看到傅華，臉色頓時沉了下去，站起來就想走開。

鄭老瞪了她一眼，說：「小莉，你幹嘛啊，你是不是打算這輩子都不見傅華了？」

鄭莉撒嬌說：「爺爺，你不知道他做的事情多麼可惡。」

鄭老說：「我怎麼不知道啊，你爸爸都跟我講了事情經過了。你知道他是被人陷害的，就應該體諒他一下；再說，哪個人一輩子沒有做錯事的時候啊？你在這件事中做的就都對了嗎？」

鄭莉不高興的說：「爺爺，你講不講理啊？做錯事的明明是他，你怎麼卻來怪我呢？」

鄭老教訓說：「我沒有不講理。在傅華受傷、有生命危險的時候，你在哪裡啊？你們是夫妻啊，夫妻不是只有花前月下的浪漫，還要風雨同舟，相互扶持的。在傅華最困難的時候，你做了什麼？你只是在一味地怪他，根本就沒有跟他共體時艱。這次是傅華命大，如果他真有個三長兩短，將來小瑾長大了，問起他爸爸出事的時候你在幹什麼，你要怎麼回答啊？」

鄭莉的態度雖然沒有就此軟化下來，卻被鄭老說的低下了頭。

鄭老接著說道：「小莉啊，夫妻之道中還有很重要的一條，那就是寬容。傅華做錯了事不假，但是還沒有到罪無可恕的地步吧？你要往前看，不要老揪著那點錯誤不放。」

鄭莉嘟著嘴說：「爺爺，我覺得那可不是一點錯誤而已。」

鄭老反問說：「那你想怎麼辦？你要跟他離婚嗎？」

鄭莉遲疑了，說：「這個……」

鄭老逼問說：「這個什麼啊，你一向說話不是很乾脆的嗎？」

鄭莉瞅了傅華一眼，沒好氣的說：「我不是還沒想好嗎？」

鄭老說：「你不是沒想好，你是還放不下傅華。別人不知道，我和你奶奶是知道你們的感情的。小莉啊，你聽爺爺一句話吧，再給傅華一次機會，也給你自己一次機會，可以嗎？」

鄭莉仍沒鬆口，說：「爺爺，你別來逼我。」

徐筠這時幫腔說：「小莉啊，你這話我可不愛聽啊。怎麼叫爺爺逼你呢？爺爺是在幫你，你敢說你跟傅華就一點感情都沒有了嗎？」

鄭莉煩躁地說：「筠姐，你就別跟著他們起鬨了行嗎？」

徐筠搖頭說：「我怎麼是跟著起鬨呢，我這是實事求是。傅華，你別傻看著，趕緊表個態吧？」

傅華看了鄭莉一眼，說：「小莉，我跟你保證，我以後再也不犯類似的錯誤了，你就給我一次機會吧，我真的很想你和小瑾回到我的身邊來。」

老太太這時也說：「小莉啊，奶奶說句公道話吧，傅華並不是一個花天酒地的孩子，這次犯錯，也不是他有意而爲之。你們倆當初可是費了很大的力氣才走到一起的，要懂得珍惜。聽奶奶的，回頭就跟傅華回家吧。」

鄭莉不依地說：「奶奶，怎麼你也幫他不幫我啊？」

老太太說：「我不是幫他，我是幫你維護一段本來很美滿的婚姻。將來你會明白爺爺奶奶是在爲你好的。」

鄭老便做了裁判說：「好了小莉，事情過去這麼久了，你的氣也該消了，聽你奶奶的話，跟傅華回家吧。」

鄭莉無奈地嘆了口氣說：「好，我聽你們的，回頭就跟他回家去，這下子你們滿意了嗎？」

鄭老笑了，說：「這孩子，你這樣子就對了。」

從鄭老家出來的時候，鄭莉抱著傅瑾上了傅華的車，看在傅華眼中暗自竊喜，經過幾個月之後，他終於能夠再次跟鄭莉和孩子在一起，心中別提有多高興了。

徐筠也很爲傅華高興，對傅華說：「回去你可要照顧好小莉，別再惹她生氣了。」

傅華連連點頭說：「我會的，筠姐。」

鄭莉沒好氣的瞅了徐筠一眼，說：「好了，筠姐，趕緊走你的吧。」

徐筠知道鄭莉這是氣她把回來的消息通知了傅華，也不說什麼，衝著倆人做了個鬼臉，就上了自己的車離開了。

傅華開著車往家裏走，一路上，鄭莉一直沉默著看著窗外，傅華就有點尷尬，沒話找話的說：「小莉，你能回來，我真是太高興了，我向你保證，今後再也不惹你生氣了。」

鄭莉回過頭看了他一眼，說：「傅華，你先別高興，你以爲事情就這樣過去了嗎？」

傅華愣了一下，小心的說：「那小莉，你要我怎麼做才行啊？」

鄭莉不滿地說：「你別以爲我不知道，這次你是借爺爺和奶奶逼我回來的，爺爺和奶奶是我這輩子最重要的人，他們年紀這麼大了，我不想讓他們爲這件事情操心。爲了他們，我是不得不回來的。」

傅華本來高興的心開始往下沉了，鄭莉的語氣預示著她接下來要講的話肯定對他不利。他乾笑了一下，說：「回來沒什麼不好啊，可以守著他們兩位老人，我們也可以有機會重新開始。」

「重新開始？」鄭莉冷哼一聲說：「傅華，我們還能重新開始嗎？你那天跟我通電話的時候，我真的考慮過要跟你離婚的，我想了一下，對你，我沒什麼留戀的了。」

傅華頓時有一種弄巧成拙的感覺，苦笑著說：「小莉，你應該知道，我那麼跟你說，只不過是想要你趕緊回來才玩的一種把戲，我並不是真的想跟你分開的。」

鄭莉說：「我知道，我們也算是多年的夫妻了，對你的個性我是再瞭解不過了。」

傅華鬆了口氣說：「那你是不打算跟我分開了？」

鄭莉說：「我沒有說要跟你離婚，不過不是爲了你，而是爲了爺爺奶奶。我知道他們很疼你，我如果跟你離婚，他們會很傷心的，所以我想我們這段婚姻還是得維持下去，除非你堅持非要離婚不可。」

傅華趕忙搖搖頭說：「不，我不會跟你離婚的。」

鄭莉說：「你不用這麼快就做出決定，等我把話說完，你再決定是不是堅持不離婚。」

傅華吸了口氣說：「你說吧，只要不離婚，我什麼條件都可以答應你的。」

鄭莉嚴肅地說：「我之所以不跟你離婚，是因爲不想爺爺奶奶傷心，所以我們只需要在他們面前扮演好夫妻就行了，其他時候，我們還是個人顧個人的好。所以我希望你從家裏搬出去。」

原來鄭莉只是想讓他們扮演一對假面夫妻啊，傅華急說：「小莉，你是不是太過分了？我的錯有那麼嚴重，讓你要這麼對我？」

鄭莉瞅了一眼傅華，搖搖頭說：「傅華，也許在你認爲，你只是被人陷害了而已，但是在我心中，我看到的是我原本親愛的丈夫，赤裸裸的和另外一個女人睡在一起，我看到你的臉，就會想起這一幕來，這讓我對男人真是失望透頂了，我無法想像還能跟你有什麼親密的行爲。」

傅華無奈的說：「可是已經過去那麼久了，你……」

鄭莉痛苦的說：「不，這一幕始終在我眼前，我努力地想要忘記，但是卻忘不掉。」

傅華說：「那豈不是我這輩子都無法得到你的原諒嗎？」

鄭莉說：「我不知道，將來會怎麼樣我不知道，但至少現在我無法忘記。傅華，爺爺奶奶對你那麼好，你不會不答應我，惹他們傷心吧？」

傅華心中真是惱火到了極點，他很想衝著鄭莉大叫，我不就是犯了一次錯誤嗎？難道就這麼不可原諒？可是話在嘴邊，他卻說不出來，這裏面不但有一向疼惜他的鄭老夫妻，眼前鄭莉還抱著他們的兒子傅瑾。

傅華長嘆了一口氣，有些惱火地說：「行，你真行，爲了爺爺奶奶，我答應你就是了。」

兩人就互不理睬了，鄭莉扭頭看向窗外，傅華則是悶著頭開車。

很快就到了笙篁雅舍，傅華停了車，想要跟鄭莉上去，鄭莉卻攔住了他，說：「你幹嘛？」

傅華說：「就是要搬出去，我也總得收拾點東西帶走吧？」

鄭莉卻說：「很晚了，你上去不方便，東西我會幫你收拾的，明天再來拿吧。」

傅華說：「小莉，你不會是覺得我會做什麼侵犯你的事吧？」

鄭莉說：「我不是那個意思，我和小瑾剛坐飛機回來，都很累了，想早點休息。」

傅華看了一眼鄭莉懷裏已經睡著了的傅瑾，只好嘆口氣說：「行，我走就是了。」

鄭莉帶著傅瑾轉身就進了樓道，傅華坐在車裏，看著自己家的窗戶，不一會兒，窗戶的燈亮了，他知道鄭莉和傅瑾已經進了家門，不由得苦笑了一下，本來他以爲今晚會是一個甜蜜的夜晚，他跟鄭莉和兒子會共享天倫之樂的，誰知道家就近在咫尺，他卻連門都進不去了。

這算什麼啊？傅華情緒壞到了極點，他發動車子，想要開車離開，卻差一點撞到了旁邊的車上。他明白自己現在這種情緒根本無法開車，狠狠地用手砸了下方向盤，然後拔下鑰匙，下車走了出去。

他想找個地方喝酒，正好看到上次他去的那個酒吧，就走了進去。

上次他在這裏遇到的那個女孩並不在，他要了瓶軒尼詩、一個果盤，一個人喝起悶酒來了。

一個身上帶著風塵味的女子走了過來，陪笑著說：「哥哥，一個人喝悶酒多不好啊，我陪你？」

傅華瞅了她一眼，這個遠沒有上次他遇到的那個女孩順眼，便揮揮手說：「走開，我煩著呢。」

那個女子不但沒有走開，反而湊近了媚笑著說：「我不就是讓哥哥解除煩惱來的嗎？

來吧，哥哥，有什麼煩惱跟妹妹說。」

傅華眼睛瞪了起來，煩躁的叫道：「你聽不懂中國話啊，我讓你走開。」

女子畏懼的看著傅華，這時吧台裏一個男人走了過來，對那個女子說：「你走開吧，別打攪我們的客人。」

女子臉紅著站了起來，說：「對不起啊先生，我走就是了。」

傅華看了她一眼，心裏又覺得跟一個陌生女子發洩情緒有點過分了，就說：「算了，你坐吧，我今天實在是很煩，情緒上有點失控了。」

傅華便對吧台的那個男子說：「你不用管了，讓她坐吧。」

吧台的男子就離開了，女子坐到傅華的旁邊，這次她不敢離傅華太近，跟傅華保持著一段距離。

傅華拿了杯子，給女子倒了一杯酒，說：「你隨意吧。」

女子拿起酒杯，喝了一口，偷眼看了看傅華，小心的說道：「先生，你是不是跟你女朋友鬧彆扭了？」

傅華說：「你總是拿這種話跟男人攀談嗎？」

女子笑說：「當然不是了，我很少遇到像你這樣，見了女人都不搭訕的。」

傅華說：「我今天實在是沒心情，不禮貌的地方你多原諒吧。」

女子說：「先生，你真是夠彬彬有禮的，以前沒看到過你來啊？」

兩人就這麼有一搭沒一搭的聊著，一瓶酒很快喝光了，傅華又叫了一瓶。

那個女子的酒量也很不錯，陪著傅華繼續喝，

女子媚眼如絲，依偎在傅華的身邊，說：「哥哥，帶我走吧。」

傅華雖然有點醉醺醺的了，可是心中還有一絲理智，便拒絕了女子，招手叫了輛計程車，上了車，司機問道：「先生，你去哪裡？」

傅華愣了一下，去哪裡？我能去哪裡啊？我的家就在旁邊，偏偏回不去。一時之間，他腦袋裏竟然空蕩蕩的，不知道該怎麼回答了。

司機見傅華不回答，回頭看了眼傅華，說：「先生，您是不是喝醉了？要不要先搞清楚您去哪裡再上車啊？」

傅華不高興地看了司機一眼，說：「我沒醉，我只是要想一想去哪裡比較合適。先開車吧。」

司機不敢跟傅華爭執，踩了油門，便將車開離了酒吧。

想了想，傅華便告訴司機謝紫閔的地址，也許在這個孤寂的夜晚，只有謝紫閔這個女人能夠給他一個依靠的港灣。

到了謝紫閔家，傅華按了門鈴，等了很久，謝紫閔才睡眼惺忪的來開了門。

她看到傅華，不禁奇怪地問說：「你搞什麼鬼啊，這麼晚來我這裏？」

傅華苦笑說：「沒辦法，我被人趕出來了，只能借你的客房一用了。」

謝紫閔納悶地說：「怎麼了，你被誰給趕出來了？鄭莉回來了？」

傅華點點頭，說：「她是回來了，不過更是拒我於千里之外了。紫閔，我很累，你到底願不願意借客房給我啊。」

謝紫閔無奈地說：「你明知道我是不會拒絕你的，別去客房了，去我房間吧。」

傅華說：「我喝了酒，不妨礙你嗎？」

謝紫閔笑說：「別跟我來這一套，我知道你是因爲鄭莉回來，覺得不好意思再跟我睡在一起了，是吧？」

傅華笑了一下，說：「紫閔，爲什麼我在你面前總是透明的啊，想什麼你都知道。」

謝紫閔笑罵說：「行了，別說那些廢話了，時間不早了，趕緊洗澡去好睡覺。」

傅華洗了澡，去了謝紫閔的房間，這時他的酒勁已經上來，也不管謝紫閔，上了床倒頭就睡。

早上醒來，傅華看到謝紫閔正在一旁看著他，就笑笑說：「昨晚真是不好意思啊，想來想去，我只能到你這來了。」

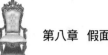

謝紫閔理解地說：「跟我就不用客氣了。我看得出來，昨晚你的情緒很壞，所以才會借酒澆愁的。」

傅華點點頭說：「是啊，昨晚鄭莉跟我說，她對我已經沒有可以留戀的了，之所以還要跟我保持婚姻關係，是因爲怕爺爺奶奶年紀大，受不了她離婚的刺激。這下好了，我的婚姻現在到了名存實亡的地步了。」

謝紫閔說：「你心中還是很在意鄭莉的吧？」

傅華點點頭說：「在意是肯定的，我們畢竟這麼多年的感情，還有一個兒子。唉，我是個喜歡簡單的人，沒想到婚姻卻被我搞得這麼複雜。我跟你說這些，你會不會覺得我很煩啊？」

謝紫閔笑笑說：「你是挺煩人的，我都跟你說了，不要把你的婚姻帶進我的生活來。不過你現在這個慘樣，大概除了我，也沒有別人可以傾訴了吧？」

傅華苦著臉說：「這倒是。」

謝紫閔安慰說：「好了，你也別這麼多牢騷了，既然你無法改變鄭莉的決定，那就老實的接受吧。我覺得現在的狀況比起鄭莉在巴黎的時候還是有所改善的，起碼你可以見到兒子了。」

傅華不禁說：「你總是能找到好的地方想。」

謝紫閔說：「不然怎麼辦，你要爲這件事一直頹喪嗎？」

想想也是，鄭莉既然已經做出那樣的決定，短時間內，他恐怕也無法讓鄭莉有什麼改變，難道就一直陷在這種頹喪的情緒中嗎？

如果那樣，不但於事無補，反而會讓身邊的人看不起的。估計就連鄭莉也不會因此而可憐他，反而會對他更爲厭惡。

傅華便說：「紫閔，你說得對，我不能爲了這件事意志頹喪下去。昨晚，我一度以爲我跟鄭莉會重新回到以前的生活，誰知道這根本就是一種癡心妄想。算了，看來一味的乞求，是得不到想要的東西的，隨便她愛怎麼辦就怎麼辦吧。」

這時，傅華的手機響了起來，是羅雨的電話，傅華接通了說：「小羅，什麼事啊？」

羅雨說：「傅主任，剛才東海省省駐京辦的徐棟梁主任打電話來，說是鄧省長今天上午要到北京來，希望您能去省駐京辦見他，讓我通知您一聲。」

傅華有點意外，鄧子峰跟他見面，一向是私下去海川駐京辦見他的，這次怎麼反常了，竟然通過官方管道約見他？鄧子峰這是什麼意思，想要把他們的關係公開化嗎？

傅華便說：「行，小羅，我知道了，回頭我就直接去省駐京辦見鄧省長。」

羅雨掛了電話後，傅華看了看謝紫閔，說：「鄧子峰來了要見我，你要不要跟我一起去見見他啊？」

謝紫閔說：「我是想去見見他的，不過，聽他的意思是直接約見你，我冒然過去，恐怕不太好吧？」

傅華想了想說：「這倒也是，要不這樣吧，我把你想要見他的意思轉達給他，看他要不要見你。」

謝紫閔說：「行，就這麼辦吧。」

兩人一起吃了早餐之後，傅華就去了東海省駐京辦。

省駐京辦跟市駐京辦的格局完全不同，因爲有省的財力支撐，省級駐京辦通常都是財源雄厚，也都建得很氣派。

東海省駐京辦所在地東海大廈，就是由東海省駐京辦全額投資建成的，這比海川市駐京辦只能控股海川大廈就強得太多了。東海省駐京辦是正廳級單位，駐京辦主任徐棟梁享受的是正廳級的待遇，辦公室自然也就比傅華的辦公室氣派得多。

傅華到達省駐京辦的時候，徐棟梁去機場接鄧子峰還沒回來。由副主任劉雲寶接待傅華。劉雲寶是一個四十多歲的中年男人，保養得不錯，顯得細皮嫩肉的，跟年齡頗不相襯。

劉雲寶一邊給傅華倒茶，一邊說道：「傅主任，先坐一會兒吧，徐主任剛打電話，說鄧省長的飛機晚點了，恐怕還要等一兩個小時才能回來。讓你耐心等一下，不要著急。」

傅華笑笑說：「徐主任讓我等，我等就是了，不會著急的。」

劉雲寶將茶遞給傅華，隨口問道：「傅主任喝茶，誒，你是怎麼認識我們鄧省長的？鄧省長來北京幾次，好像都沒提過你啊？」

傅華知道劉雲寶這是在摸他跟鄧子峰關係的底。確實是，一個省長突然點名越級要見下面市的駐京辦主任，的確是一件很令人奇怪的事。

傅華不想一五一十的跟劉雲寶講他跟鄧子峰交往的經過，一方面他並不瞭解劉雲寶的背景，不知道劉雲寶問這件事有何居心，會不會利用這個做什麼文章；另一方面，在官場上，就是要保持一種曖昧不清的神秘色彩，才會讓人對你有所敬畏。講得太清楚，反而並不是一件好事。

傅華便笑笑說：「我是怎麼認識鄧省長的，這話講起來可就長了，在鄧省長還沒到東海省任職的時候，我們就認識了。」

傅華這話說的倒也不假，當初鄧子峰確實是在到東海省任職之前找傅華瞭解東海省的情況，傅華這麼一說，似乎他跟鄧子峰是認識很久的老朋友了，這讓劉雲寶對他不禁肅然起敬起來。

劉雲寶說：「原來傅主任跟鄧省長早就是老朋友了，真是失敬啊。」

傅華笑笑說：「劉主任別這麼說，我只不過機緣巧合，很榮幸的認識了鄧省長而已，我哪裡配得上跟鄧省長做老朋友啊。」

劉雲寶也是在官場上打滾很多年的人了，加上又是在省駐京辦這種最考驗人罩子亮不亮的地方，自然是深懂官場三昧的人，知道越是像傅華這種低調的人越是可怕；相反，那種成天吹噓自己跟某某領導關係很鐵的人，往往只是吹牛皮騙人的。

劉雲寶趕忙說：「傅主任真是謙虛了。」

傅華說：「哪裏。劉主任，您知道鄧省長找我幹什麼嗎？」

劉雲寶搖搖頭說：「不知道，我只是轉達鄧省長的意思，把你找過來，說鄧省長到了北京就要見你。」

這時，走廊裏傳來了腳步聲，劉雲寶說：「應該是鄧省長到了。」

兩人就站了起來，走出辦公室，就看到省駐京辦主任徐棟梁帶著鄧子峰和隨行人員走了過來。

徐棟梁是個五十多歲、中等個子的男人，做省駐京辦主任已經很多年了，他算是從郭奎做省長開始到現在的省駐京辦元老了。

傅華和劉雲寶迎了上去，鄧子峰見到傅華，遠遠地就說：「小傅同志過來了?!」

傅華笑著跟鄧子峰握了握手說：「是的，省長，您叫我來，我能不趕緊來嗎？」

鄧子峰笑說：「你這傢伙，別把自己說的那麼委屈好不好，我幾次叫你來省裏工作，你來了嗎？」

傅華愣了一下，鄧子峰把他們私下的談話都說了出來，似乎是在跟省駐京辦這些人說他們關係很親密，這對傅華來說並不是件好事，這些人肯定會因此心生嫉妒的。傅華掃了一眼劉雲寶和徐棟梁，果然看到兩人看他的眼神有點異樣。

傅華不清楚鄧子峰怎麼突然變得這麼高調的宣傳兩人的關係，只好笑笑說：「我是怕自己能力不行，去了省政府會辜負您的期望。」

這時，徐棟梁也伸手跟傅華打招呼，說：「傅主任你好啊。」

傅華趕緊回說：「徐主任您好，這一向可是少見啊。」

徐棟梁笑笑說：「也不算少見，前些日子還在網上看到傅主任的照片了。」

聽徐棟梁這麼說，傅華差點被逗得笑出來，八成是徐棟梁聽到鄧子峰的話，以爲鄧子峰邀請他，是要他來省駐京辦工作呢。這些官場的老油子感到地位受到了威脅，所以才出言諷刺他的。

傅華回敬說：「徐主任真是好興致啊，居然還對網上這些八卦這麼感興趣啊。」

徐棟梁被嗆了一下，乾笑幾聲說：「也不是感興趣，正好看到了而已。」

爲了避免尷尬，徐棟梁就沒再跟傅華舌戰下去，轉了話題，對鄧子峰說：「省長，您是跟傅主任到會議室去談呢，還是？」

鄧子峰笑笑說：「不用，我跟小傅同志不需要那麼正式，你給我開個房間，我們去房間談。」

鄧子峰這麼說，徐棟梁臉上就更難看了，顯然鄧子峰跟傅華之間的談話是不想讓別人知道的。這讓他感覺很不是滋味，省長來北京辦事，不找他這個省駐京辦主任，反而找下面市級駐京辦的主任談話，徐棟梁深感被藐視了。

不過徐棟梁也不敢說什麼，給鄧子峰開好房間，將鄧子峰送進房間，傅華也跟了進去。徐棟梁等服務員給兩人倒好茶，就和其他人退了出去。

第九章

棒打老虎雞吃蟲

傅華解釋道：「這是因為官場上完全是一種互相制衡的關係，
我這麼說你就明白了，有一種划拳遊戲，叫『棒打老虎雞吃蟲』的，你玩過嗎？」
謝紫閔點點頭說：「有啊，怎麼了，這與官場有什麼關係啊？」

傅華看看沒人了，忍不住說道：「鄧叔啊，您這是在搞哪一齣啊？您這樣不是讓我為難嗎，您沒看您說的那幾句話，徐主任那個臉色難看的。」

鄧子峰笑笑說：「你還在意這個啊？」

傅華說：「我倒也不在意啦，不過都在駐京辦這口上，抬頭不見低頭見的，這麼一弄就有點彆扭了。」

鄧子峰笑說：「別管他了，這個徐棟梁心眼是有點小，我誇你幾句，關他什麼事啊。誒，傅華，你跟我說一下雄獅集團的事吧，我聽說海川市跟他們已經達成合作協議了？」

傅華回說：「是啊，他們馬上就要正式簽訂合約。我來這裏之前，謝小姐還跟我說想找機會跟您彙報一下呢，只是不知道您有沒有時間見她。」

鄧子峰意味深長地說：「跟我彙報就不必了，這本來是你安排的事，現在你達到目的了就行了。」

傅華不好意思的說：「鄧叔您早就看出來了？」

鄧子峰笑笑說：「我也算是在社會上打拼幾十年了，如果連這個都看不出來，那我豈不是白混了？不過，我們是一個願打一個願挨，你也不用不好意思。回頭你就跟謝小姐說，說我很高興他們和海川達成合作，希望他們能順利地把合資公司建起來，到時候，我很樂意去他們的合資公司看看的。」

傅華立即答應說：「行，鄧叔，我會轉告她的。」

鄧子峰又說：「這件事情算是解決了，但是你跟金達之間的問題又要怎麼辦啊？」

傅華看了鄧子峰一眼，有心想掩飾他跟金達的問題，可是鄧子峰既然這麼說，就表示鄧子峰早已看出端倪了，他再去掩飾，就有些惺惺作態了。

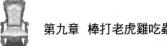

傅華決定索性坦白面對這一切，便說：「鄧叔啊，您今天真是準備讓我下不來台了，連這個您也知道了？」

鄧子峰說：「這有什麼難知道的，如果你跟金達的關係還是那麼友好融洽，也不至於要先把雄獅集團帶到省裏來這麼費勁了。你之所以還需要借助我才能讓雄獅集團跟海川市建立合作關係，就意味著你跟金達間的溝通管道出了問題。說吧，怎麼回事啊？」

傅華發牢騷說：「人家現在是市長，跟我這個小兵就沒什麼好溝通的了。」

鄧子峰看了看傅華，說：「聽你說話氣哼哼的，看來你們的問題很嚴重啊。這是怎麼回事啊，我原本不是聽說是你幫他爭取到這個市長的位置？」

傅華聽鄧子峰這麼說，趕緊搖搖頭，說：「鄧叔，您可千萬別這麼說，我只不過是個級別很低的官員，哪有什麼能力幫人家當上市長啊？」

鄧子峰笑笑說：「有沒有你心裏很清楚。不過，傅華，現在的問題不在這裏，而是金達很可能要再上一個臺階了，到時候他做了市委書記，你跟他關係再這麼僵，對你可是不利的啊。」

傅華詫異地說：「鄧叔，金達馬上就要做市委書記了？」

鄧子峰說：「也不能說馬上，不過估計快了。前段時間，呂紀書記就市委書記人選的問題徵求過我的意見，當時我提出了金達有三個缺點，一是政績不足，二是跟幾任市委書記關係處理得不好；三是你們海川市前段時間出的鋸樹事件。呂紀書記也覺得在這個時間點上馬上就讓金達做市委書記並不妥當，就把事情拖下去了。」

傅華想了想說：「呂書記把事情拖下去，那就還是想要金達做這個市委書記的。」

鄧子峰說：「對啊，他早已經認定金達了，才會不提別的人選的。現在情勢出現了很大的轉機，除了抓到鋸樹的嫌犯，雄獅集團的投資也即將完成。我提出的問題三去其二，如果呂書記再要提出金達出任市委書記的話，我也不好說什麼了。」

傅華聽了說：「這麼說，金達出任市委書記已成定局了？」

鄧子峰說：「差不多吧，孟副省長對這件事本就沒什麼太大的反對意見。有意見的人主要是我，如果我再同意了，金達要做市委書記就沒有什麼阻力了。」

傅華聳聳肩說：「也無所謂了，金達就算是做了這個市委書記，只要我不做什麼違法亂紀的事，他也奈何的。」

鄧子峰說：「你有這個自信就好。金達這個人跟莫克不一樣，某些方面他還是有自我約束的能力的，不像莫克，表面上一口的道德文章，暗地裏卻是什麼事都做。這次他出車禍，據說就是因爲接受鵬達集團的性招待，匆忙往返齊州和海川之間才會出事的。」

傅華不禁說：「這怎麼有點像當初孟副省長的情形啊？」

鄧子峰說：「這不會是空穴來風的，只是呂紀書記爲了維護東海省官員們的形象，不願意深查下去罷了。誒，說起孟副省長那件事，那個女人就沒再找來？是不是放棄了？」

傅華說：「那倒沒有，前陣子她還跟我通過電話呢，那個女人仍想爲女兒討公道，只不過關鍵的證人始終找不到，沒有證人，她也無計可施。」

鄧子峰遺憾的說：「這樣子啊，那就便宜了孟副省長了。」

傅華沒說什麼，心裏卻有一種很不好的感覺，他感覺鄧子峰是個老謀深算的人物，從去東海之後，左打呂紀，右擊孟副省長，明招暗招都有，硬生生把在東海省的局面給開拓出來。而這一切，很大一部分是利用他。

鄧子峰一直讓他追查孟副省長害死那個女人的事，這是一招暗棋，將來真是證據確鑿了，鄧子峰不知會怎麼利用這個來對付孟副省長；再是中鐵五局行賄莫克的事，也是鄧子峰布下對付呂紀的陷阱，雖然莫克死了，難保他將來不會用這件事做什麼文章。

這些高層之間的博弈，招式都很狠毒，刀刀見骨，傅華僅僅是想都感覺驚心動魄。心裏對鄧子峰不禁暗自警惕，心想千萬不要被他也給算計進去了。

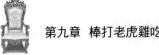

鄧子峰繼續說道：「不說這些了。傅華，我想跟你瞭解一個人，你覺得孫守義這個人怎麼樣？」

傅華好奇地說：「鄧叔，您怎麼突然問起他來了？」

鄧子峰回答：「很簡單，金達如果成了市委書記，誰來接任海川市市長呢？你覺得這個孫守義有沒有這個能力勝任市長這個角色？」

傅華回避說：「鄧叔，這是你們省領導要考慮的事，我怎麼知道他適不適合呢？」

鄧子峰不禁埋怨道：「你又來了，我們這是關上門閒聊，有話隨便講，又不需要你負什麼責任。你是他的直接下屬，對他的認識肯定更充分些，說吧，你覺得他這個人怎麼樣？」

傅華想了想說：「相比起金達來，孫守義這個人要圓通一些，他不像金達處理事情那麼死板，跟我們下屬的關係更好一些。」

鄧子峰聽了說：「這麼說，他比金達更適合做市長啦？」

傅華說：「可以這麼說吧。其實金達做這個市長，一半的事情都是孫守義在幫他解決，孫守義算是一個很有能力的幹部，只是……」

說到這裏，傅華打住了，原本他是想說只是孫守義在男女問題上有些不檢點，當初的林姍姍就是一個例子。雖然孫守義最後跟林姍姍分開了，但是男人只要開了頭，再想管住自己就很難了。傅華不相信孫守義真的能潔身自好，約束好自己。

不過話到嘴邊，傅華卻意識到，他如果真的這麼說了，會對孫守義的仕途造成很大的傷害，自己去揭人瘡疤，也不太厚道，便住了嘴。

鄧子峰看著傅華，疑惑地說：「只是什麼啊？你怎麼不說下去了？」

傅華笑了笑，趕緊編了一個藉口，說：「我的意思是，孫守義是中央派下來鍛煉的，他願意在海川待這麼久嗎？」

鄧子峰笑說：「你這是多慮了，中央派孫守義下來，他能做到地方上的正職主管，這是一個難得的經驗，孫守義對此肯定是求之不得的。」

傅華笑了笑說：「這倒也是。」

鄧子峰又說：「那你覺得他跟金達的關係怎麼樣，如果讓這兩人搭檔，會配合得好嗎？」

這個問題有些不好回答，表面上看，鄧子峰是在詢問他的意見，但是傅華看得出來，鄧子峰心中已經屬意孫守義來做這個市長了。這句話的潛臺詞實際上是說：他如果讓孫守義成爲市長，孫守義會不會跟金達一樣，也成爲被呂紀掌控的人馬啊？

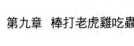

傅華對此不能不慎重回答，他認真地思考了一番，然後說：「他們能否配合我不太清楚，但我知道孫守義是個懂隱忍的人，會看形勢，但是並不甘於久居人下。」

孫守義能夠娶沈佳那樣的女人，還能和她和諧相處這麼些年，不是隱忍功夫到家又是什麼呢？而他隱忍沈佳是爲了什麼，還不是爲了在仕途上能夠走得更遠！

這樣看的話，傅華就知道，孫守義現在雖然跟金達是同一陣線，然而一旦他和金達分別爲海川市的一二把手之後，他一定不會甘於臣服金達之下的，一定會想辦法在海川政壇上發聲。

傅華對兩人的個性都很瞭解，金達的個性沒有那麼大的包容心，而孫守義身後有強勢的背景支撐，自然不會任由金達拿捏，到那時候，兩人可能就會對立衝突起來。所以傅華可以預見，未來金達就算是成爲市委書記，也不一定會很順利，他跟孫守義之間應該不會再像目前這樣的合作無間了。

鄧子峰馬上就聽懂了傅華的暗示，笑笑說：「市長是應該有點抱負才行的，一個城市的市長沒有抱負，經濟也發展不起來啊。」

聽鄧子峰的口風，傅華猜測鄧子峰這次來北京，就是來跟孫守義身後那些支持他的人物接觸的。

鄧子峰讓傅華陪他在省駐京辦一起吃了午飯。

吃飯時，鄧子峰說：「怎麼樣，傅華，省駐京辦這裏比你們海川大廈的條件不差吧？」

傅華笑說：「豈止不差，簡直是好得太多了。我們海川市的條件怎麼能比得上省駐京辦呢。」

鄧子峰不忘遊說他：「那你要不要考慮一下，過來這裏啊?!說實在，省駐京辦不但硬體設施比你們海川好，你能發揮的舞臺也更大，機會更多一些。」

傅華趕忙推辭說：「鄧叔啊，你不要跟我談這事了，海川駐京辦的舞臺我都有點玩不太動了，更別說省裏啦，我真是沒有這個能力的。」

傅華已經越來越領教到鄧子峰和呂紀之間的勾心鬥角，這麼複雜的局面，他自認爲沒有能力插一腳進去。傅華並不想被鄧子峰當作利用的棋子，同時，他現在的級別跟徐棟梁差得還很遠，就算他願意來，他也做不到省駐京辦主任的位置，頂多做個副手而已。傅華才不想放著好好的市級駐京辦主任不做，跑來做一個受氣的副主任呢。

鄧子峰聽了說：「徐棟梁這些年雖然沒犯什麼錯誤，但也一直沒什麼作爲，我很想換掉他。你如果願意來的話，稍稍過渡一下，我就可以讓你接他的位置。機會難得啊，你還是想想吧。」

傅華態度很堅決的拒絕了鄧子峰。

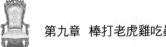

跟鄧子峰吃完飯，傅華就回了駐京辦。下午沒什麼事，下班的時候，謝紫閔打來電話，非拖他出去吃飯不可。

說實話，傅華並不是很想出去吃飯，他的心情仍很沮喪，但是謝紫閔非要拖他出來，說是來這家叫做「北京亮」的餐廳，一定會讓他烏雲密佈的心情馬上就晴朗起來，傅華拗不過她，只好跟她過來了。

到了那裏，電梯從底層直達六十三層，電梯門打開的那一剎那，傅華立即眼前一亮，不禁讚嘆了一聲，外面華燈初上，有一種讓人形容不出來的美麗和妖嬈，真想不到北京的夜景居然這麼的好看。

這是北京最高的餐廳，擁有三百六十度的無敵視野，可以俯瞰整個北京，站在這裏，傅華的心情頓時變得無比敞亮起來，他對謝紫閔說：

「我也算是在北京住了許多年，這家酒店也來過許多次，居然沒發現這裏還有個這麼好的地方，可以看到這麼美的夜景。」

謝紫閔高興地說：「美要用心才能發現，我要你來，就是想用這麼美的夜景讓你心情愉快起來的，現在看來我的目的達到了。」

傅華笑笑說：「確實達到了，這裏的環境真是一流。」

謝紫閔說：「走吧，餐廳的環境更是一流的。」

謝紫閔挽著傅華，兩人就去了六十六樓的「北京亮」餐廳，從走入餐廳的那刻起，傅華就感受到一股濃濃的北京味，舉目所及之處，竹林和榕樹營造出了一個有如世外桃源般的空中花園，磚牆上，淙淙流水緩緩瀉下，在雲端和星空下享用美食，格外給人一種浪漫和舒適的感覺。

兩人點了牛排，肉質豐腴多汁，口感絕佳。

吃了一會兒，謝紫閔勸道：「我看你還是跟我走一趟海川吧，就當放鬆一下心情，反正你待在北京也沒辦法解決你跟鄭莉的事。」

傅華卻說：「我去了海川恐怕會更鬱悶，回海川，我還要看領導們的臉色，我可不想看金達那副得意的嘴臉。」

謝紫閔忍不住說：「你別這樣意氣用事好不好？他可是要做你們市委書記的人，你跟他關係搞得這麼僵，以後很多事情都會不好辦的。」

傅華不以爲意地說：「沒事的，他不敢對我怎麼樣的。」

謝紫閔開導他：「不管怎麼說，他總是你的頂頭上司，總有辦法找你麻煩的，所以我勸你還是跟他緩和一下關係比較好。」

傅華搖頭說：「沒必要的，紫閔啊，你不懂這裏面的遊戲規則，我不能主動跟他示好的，如果我主動去跟他緩和關係，他一定會認爲我是怕他了，那他會更給我臉色看的。現在對我來說，最好的做法就是靜觀其變，我想他也不敢玩什麼花樣的。」

謝紫閔卻不認同傅華的話，說：「我不懂，怎麼會你們的關係越僵對你越有利呢？你不會是不想幹了吧？雖然我不是很瞭解你們的官階架構，但是我知道他隨時都能將你從駐京辦主任的位置上拿下來的。」

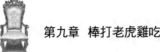

傅華笑了起來，說：「紫閔，這你就想錯了，事情不是像你想的那麼簡單。是啊，從官階架構上看，金達要換掉我是輕而易舉的，但是他真正要這麼做卻很難，我也算經歷過幾屆的市長、市委書記了，其中不乏想把我從駐京辦主任位置上拿下來的人，但結果怎麼樣呢，我還不是穩穩地坐在駐京辦主任的位置上？」

謝紫閔困惑地說：「我還是不明白，爲什麼他們無法拿掉你呢？」

傅華解釋道：「這是因爲官場上完全是一種互相制衡的關係，我這麼說你就明白了，有一種划拳遊戲，叫『棒打老虎雞吃蟲』的，你玩過嗎？」

謝紫閔點點頭說：「有啊，怎麼了，這與官場有什麼關係啊？」

傅華笑笑說：「其實這個遊戲中深藏著官場智慧，你看，老虎、棒子、雞的遊戲規則是這樣的，老虎吃雞，雞吃蟲子，蟲子吃棒子，棒子再打老虎。這個遊戲最好玩的地方就是：你說老虎厲害吧，可是棒子可以打死老虎；那麼棒子厲害吧？一隻小蟲子就能把棒子給蛀垮了；再說蟲子無孔不入吧？雞卻一口就能將蟲子給吃了。」

謝紫閔一臉問號地說：「我還是不明白你的意思。」

傅華笑著解釋說：「這還有什麼不懂的啊，你看，在這個遊戲裏，沒有誰是戰無不勝的最高統治者。你想在這個遊戲中做贏家，並不是一定要做老虎才行，關鍵是你要找對順序，這裏所有的人都是相生相剋、一物降一物的，只要你能找到合適的位置，那些大人物對你也是莫可奈何的。」

謝紫閔這才恍然大悟地說：「原來是這樣子啊。」

傅華又說：「不說別的，就說這次雄獅集團和外貿集團合資的事吧，金達明明心中不滿意我，卻不得不對我禮敬有加，他怕的並不是我，而是怕這件事情搞砸了的話，他無法向呂紀交代；而呂紀之所以重視這件事，則是因爲他對省長鄧子峰有所顧忌。」

謝紫閔笑說：「可真夠複雜的，這其中真的有那麼多層因素嗎？」

傅華點點頭說：「當然有啦，不過臺面上你是看不到的。反正我和呂紀、金達以及鄧子峰，就是一個相互制衡的關係，有做老虎的，當然也少不了做蟲子的人。」

謝紫閔打趣說：「不用說，你在這些人中最小，一定是做蟲子的啦。」

傅華笑說：「是啊，我就是做蟲子的。不過，如果我能夠很好地利用這種相互制衡的關係，我這個蟲子不但不會被吃掉，反而有可能利用棒子降住老虎呢。」

謝紫閔笑了起來，說：「看你興高采烈的樣子，不知道的人還以爲你多厲害呢。」

傅華說：「你可別看不起我啊，以前我覺得利用這種關係很不道德，但現在我看了看，上到鄧子峰和呂紀都在玩這種老虎棒子雞的遊戲，我這條蟲子實在沒必要再繼續保持什麼政治潔癖了。」

謝紫閔開玩笑說：「不過你在鄭莉面前，始終是一條被吃的蟲子而已。」

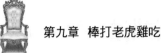

傅華的臉色沉了下來，說：「紫閔，你別打擊我好不好？我好不容易心情好了一些。」

謝紫閔搖搖頭說：「傅華，我不是打擊你，而是如果這件事你解決不了，你心裏始終會有一個結的。家裏的事你都處理不好，你的工作也很難做好的。」

傅華痛苦地說：「我這不是現在沒辦法嗎？」

謝紫閔笑說：「你不是沒辦法，你只是心中對鄭莉還有愛意，因愛而生畏，所以你才會處處被動的。」

傅華愣了一下，說：「紫閔，你什麼意思啊？」

謝紫閔笑笑說：「我什麼意思你不清楚嗎？難道你真的對鄭莉一點辦法都沒有嗎？起碼我覺得你可以不用搬出來的。不搬出來，兩個人朝夕相處，總能讓關係緩和下來，但是你搬出來的結果，就是你們只能越來越疏遠。」

傅華看著謝紫閔，腦子裏想著謝紫閔的話是什麼意思？

謝紫閔說：「你不用看我，我沒別的意思，我只是不想看到你老是那麼沮喪的樣子而已。可能我說這些話有些不合適，但是我真的不想看身邊的男人成天垂頭喪氣的。」

傅華笑說：「我不是覺得你說這番話是有別的意圖，我只是在想要如何才能不搬出來。」

謝紫閔提示說：「這還用想嗎？你忘記你的老虎棒子雞的遊戲了嗎？你是當局者迷，

還是對鄭莉真的畏懼到不行啊？如果你對她真的怕成這樣，那我勸你索性放手吧，那樣也許對你們倆都好。」

傅華納悶說：「我還是不太明白你的意思。」

謝紫閔忍不住搖頭說：「你在兩性相處上怎麼就這麼笨啊！男女之間並不是什麼事情都要講道理的，感情的事也從來都不是可以靠理智來處理的。你爲什麼就不學的無賴一點呢？在海川，如果不是你耍無賴，我怎麼會跟你在一起啊？你聽沒聽過一句話，叫做好女怕賴男？」

傅華問：「你是叫我賴在家裏不出來？」

謝紫閔點頭說：「哎，你總算是明白一點了。」

傅華猶豫地說：「我如果硬賴在家裏，鄭莉一定會很生氣的。」

謝紫閔反問道：「那又怎麼樣呢？就像你對金達的做法一樣，金達肯定也很生氣，但是他生氣有用嗎？他還不是迫於形勢忍下對你的氣惱？傅華，你是聰明人，一定知道鄭莉怕的是什麼。」

傅華當然清楚，鄭莉是怕他們關係鬧得很僵的話，會讓鄭老倆夫妻生氣傷身體，但是他總感覺不好用這個去威脅鄭莉，覺得很彆扭。

謝紫閔看傅華好半天沉吟不語，嘆了口氣說：「我明白我和鄭莉在你心目中的地位了，鄭莉還是比我重要啊。」

傅華沒想到謝紫閔會說這種吃醋的話，苦笑說：「紫閔，我現在的腦袋已經夠大的了，你就別再說這種話讓我尷尬了。」

謝紫閔笑了，說：「我不是要跟鄭莉爭風吃醋，我只是告訴你一個事實。你是因爲愛她，所以才不想逼迫她。你可以逼迫我卻不能逼迫她，顯示她在你心中更重要。但是女人有時候是需要逼迫才行的，想想你是怎麼在我這裏得逞的吧，如果你還想跟鄭莉繼續生活下去，你就必須要拿出強硬的態勢來。」

傅華說：「你怎麼跟鄭莉爺爺的看法一致，他也是讓我要態度強硬起來。」

謝紫閔笑笑說：「那說明鄭莉的爺爺看事透澈，我建議你試試吧，反正最壞也不會比現在的結果更壞了。」

傅華想想也是，就點點頭說：「那我就試試吧，反正我還沒去拿我的東西，正好明天可以借這個機會回家一趟。」

謝紫閔說：「這就對了嘛，不過你要記住，千萬不要臉皮薄，被鄭莉說幾句你就不好意思啦，要會賴皮，心硬一點，堅持下去的話，事情肯定會有轉機的。」

傅華點了點頭說：「紫閔，謝謝你肯跟我說這些。」

謝紫閔笑說：「我跟你現在的關係說這些確實有些彆扭，可能我在你心中就是一個塡補你這段時間心靈空虛的女人吧。我不介意的，當初我就跟你說啦，我們是各取所需。」

傅華趕忙說道：「不是的紫閔，這段時間如果沒有你在我身邊，我真的不知道要怎麼過才好，我心裏很感激你，不過，有些事我還是無法割捨的。」

謝紫閔理解地說：「你不用解釋了，我明白的，更何況你們還有一個可愛的兒子呢。行了，我知道的。」

第二天，謝紫閔飛去海川，參加正式的簽約儀式，而傅華就在上午回了家。

鄭莉給他開了門，說：「你的東西我已經收拾好了，放在客廳，你拿了就可以走了。」

傅華看鄭莉一副冷漠的樣子，不由得心裏就有氣，想想謝紫閔說的很有道理，便硬下心腸說：「小莉，我想了一下，決定不搬出去了。」

鄭莉愣了一下，看著傅華說：「傅華，你想玩什麼花樣啊？我們不是說好的嗎？我帶著孩子回來，你搬出這個家嗎？」

傅華說：「我想了一下，我搬出去，一時半會兒可以，但是長期的話，我負擔不起住酒店的費用。再說，爺爺和奶奶一定會聽到風聲的，那樣他們就會知道我們是在騙他們的了。綜合以上考慮，我決定還是住在家裏。」

鄭莉叫說：「傅華，你怎麼可以這樣啊！你這樣是要逼著我跟你離婚是吧？」

傅華心痛地看著鄭莉說：「小莉，聽到你這麼說，我真是很痛心，當初我們結婚的時候，是相互承諾了要患難與共的，我從來沒想過要毀掉這個承諾。但是你如果非要那麼做，我也沒辦法，不過，我還是不會搬出去的。」

「你，」鄭莉氣得說：「你這不是無賴嗎？」

傅華無所謂地說：「隨便你怎麼說，反正我就是不會搬出去的。」

鄭莉氣得在客廳裏走來走去，傅華知道她是在想要如何處理這件事，不時地偷眼看她的表情。

過了好一會兒，鄭莉終於嘆了口氣說：「你真行啊，我真是上輩子欠了你的！行，你不搬也可以，不過，你要去住客房，不能跟我住在一起。」

傅華心裏鬆了口氣，現在鄭莉同意他不搬出去，雖然是住客房，也算是獲得了階段性的勝利了。得寸之後，就意味著有機會進尺，傅華覺得這是扭轉他跟鄭莉關係的好的開始。

傅華故意冷著臉說：「謝謝了，我去把東西放好。」

傅華就把鄭莉替他收拾的東西放到客房裏去，出來時，鄭莉正幫在傅瑾換紙尿褲，傅華想過去幫忙，鄭莉橫了他一眼，說：「不用你幫忙。」傅華只好縮回手來。

也不知道是不是父子天性的緣故，傅瑾居然伸手想要去抓傅華。鄭莉看到這個情形有些氣惱，抱著傅瑾走到一邊去。傅瑾想抓傅華卻沒抓到，小嘴一扁，哇得一聲就哭了。

傅華瞅了一眼鄭莉，說：「小莉，你再怎麼生我的氣，我都可以接受，但是我希望你不要把氣撒在兒子身上。我這個做父親的總有抱抱他的權利吧？」

鄭莉有心想要發作，但是傅華不去看她，伸手就去抱傅瑾。鄭莉想抗拒傅華的動作，又擔心會傷到傅瑾，只好鬆開手，讓傅華把兒子抱了過去。

傅瑾被傅華抱了過去，竟然不哭了，還伸手去摸傅華的臉，黑漆漆的眼睛看著傅華。傅華高興得直喊：「兒子，你真是爸爸的福星，這個關鍵的時候不哭了，真是幫了爸爸的大忙啦。」

鄭莉看傅瑾不哭了，也不好訓斥傅華強把兒子抱過去，於是走到一邊，去收拾傅瑾的玩具去了。

傅華跟傅瑾玩了一會兒，這才把兒子交還給鄭莉，然後說：「小莉，那我去上班了。」

鄭莉沒有理他，抱著傅瑾走進臥室去了。

傅華在後面，心裏偷笑了一下，不管怎麼說，他總算爭取到跟鄭莉相處的機會了，相信有傅瑾這個最好的媒介，他和鄭莉之間的堅冰很快就會融化的。

海川。

在合約上簽下名字的時候，謝紫閔腦中忽然閃現出傅華的笑臉。這份合約能夠簽訂，傅華是居功甚偉的，遺憾的是，他不願意來參加這次的簽約儀式。此刻這傢伙在幹什麼呢？是不是已經回到家，跟鄭莉恩愛去了？

想到這裏，謝紫閔的心莫名的痛了一下，才發現自己並不像在傅華面前表現出來的那麼大方，她其實是很在意傅華的。可是無奈的是，她不能去阻攔傅華回到鄭莉的身邊。

也許她可以開口讓傅華不要回到鄭莉身邊，但是那樣子的話，傅華就算是在她身邊也不會快樂的。

這是沒辦法的事，傅華對鄭莉仍有感情，還有跟傅瑾父子的親情，謝紫閔自問她無法對抗這些。也正因爲如此，她才故意跟傅華約法三章，好減輕傅華跟她在一起的壓力。沒有壓力，兩個人在一起才能真正的快樂。

可是，如果傅華真的順利和鄭莉復合了，會不會今後傅華就不再來找她了呢？謝紫閔不禁有點恍神。跟傅華在一起，她感到十分的快樂，這種快樂是可遇不可求的，想再碰到這樣一個優秀的男人，恐怕不是一件容易的事了。

這時，魯朝陽簽完字站起來，看到正在發愣的謝紫閔，咳嗽了一聲，謝紫閔聞聲從恍神中驚醒，趕忙也站起來，跟魯朝陽交換了簽好的合約，兩人微笑著握了手，互道一聲合作愉快。

金達也參加了這次的簽字儀式，看到兩人交換完合約，心裏的一塊石頭終於落地，他總算完成呂紀交代的任務，也爲他出任市委書記掃清了最後一道障礙。

簽完字，謝紫閔特別看了一下金達的表情，金達雖然故作平淡的樣子，但是還是能從臉上看得出一股被壓抑住的興奮。

這個傅華曾經大力幫助過，又跟傅華產生了矛盾的男人，現在又再次得到傅華的幫忙，不知道他是不是會對傅華的看法有所改觀呢？

對此，謝紫閔並不樂觀，這個男人雖然看似溫和，但是一看就不是個豪氣的人，在他面前，她要小心不要顯露出對傅華的好感比較好。希望傅華能夠有辦法應付這個未來的市委書記，她是不能再以雄獅集團的名義繼續幫他什麼了。

作爲一個精明的商人，謝紫閔很清楚，在正式簽字的這一刻，雄獅集團和海川市的形勢就發生了微妙的變化，很多地方需要當地政府的幫助。因此謝紫閔跟金達打交道不得不打起十二分的小心，以免跟金達發生什麼衝突，畢竟他才是海川市的地頭蛇，得罪他，是很難把合資的事情做好的。

完成簽字之後，雄獅集團參與組建合資公司的人員留在海川，謝紫閔則是飛回了北京。

第十章

投誠意願

孫守義明白，做彙報只不過是個藉口而已，真實的目的是向鄧子峰表達投誠的意願。
雖然這只是一個形式，卻非走不可，只有這樣明確的表態，
鄧子峰才能確定他的忠誠，也才能把他當做自己人作出後續的安排。

曲煒轉任東海省省委秘書長的任命正式公佈了，隨後曲煒就跟著呂紀跑來北京。傅華看到他臉色十分紅潤，春光滿面，不用問也知道他此行一切順利了。

曲煒以後能在東海省政壇上擁有更大的權威，傅華也爲他高興，同時，傅華也就多了一層保護的力量，金達再想對他做什麼，也不得不考量一下曲煒的因素。

傅華道賀說：「恭喜市長，看來您這次來北京一切都很順遂。」

曲煒高興地說：「有呂書記帶著，自然是馬到功成了。誒，傅華，我聽說前幾天鄧子峰來北京，還約你去省駐京辦？」

傅華知道這肯定是徐棟梁的把戲，這些人是呂紀時期用起來的老人，肯定是傾向呂紀的，鄧子峰在北京的一舉一動，他們都會彙報給呂紀的。鄧子峰估計也是因爲這一點，才會起意想把徐棟梁給換掉的。

傅華跟曲煒感情深厚，便也不隱瞞，笑了笑說：「是啊，鄧省長專門把我叫去，跟我談了一些關於海川市政局變化的事，市長，是不是金市長要做市委書記了？」

曲煒點點頭說：「是啊，呂紀書記忙完我的事後，下一步就要解決金達的任命問題了。傅華，這對你可不是一個好消息啊。」

傅華聳聳肩說：「我知道，不過我也沒什麼好怕的。」

曲煒擔心地說：「你怕不怕是一回事，金達會怎麼做又是另一回事。這次金達如果出任海川市市委書記，可跟莫克當初出任市委書記大大不同。金達已經做了多年的市長了，在海川各方面資源雄厚，再加上呂紀書記對他的支持，他必然會大刀闊斧的做些什麼的。」

傅華不以爲意地說：「那又怎麼樣呢？」

曲煒說：「這樣子的話，他說不定會對你採取什麼報復舉動的。呂紀書記因爲你的事訓斥過他幾次，從那之後，金達再見到我的時候，神情都有些彆扭。你看人確實很準，他這個人就像你說的，不夠大氣。」

傅華笑說：「市長，您不用爲我擔心，我倒真的希望他能大刀闊斧的做點什麼呢。」

曲煒看了看傅華，不解地說：「你這是什麼意思啊？」

傅華笑笑說：「市長，您應該知道可能繼任金市長位置的人選了吧？」

曲煒點點頭說：「知道啊，鄧省長提議由孫守義出任市長，呂紀書記傾向接受這個人選。」

傅華說：「這應該是呂紀和鄧子峰達成了利益交換的協議了。」

曲煒神情嚴肅了起來，說：「這該不會是鄧子峰上次來北京跟你談的事吧？」

傅華說：「市長，您不用這麼嚴肅，鄧子峰沒說這些，他只是問我孫守義的情況，我就猜測可能存在著這麼一個交易。」

曲煒正色說：「這種事可不能隨便猜測的。」

傅華說：「我也就是在您面前才敢說一下，別人面前我是不會說的。不過現在看來，已經不是猜測，而是事實了。市長，您覺得孫守義這個人怎麼樣？」

曲煒想了想說：「就我的接觸看，我認爲他是不錯的一個人，很會處理事情，做事圓滑，感覺上他比金達更適合做海川市市長。」

傅華笑說：「那您說，如果這樣一個人，遇到了一個想要大刀闊斧有所作爲的市委書記，會發生什麼情況呢？」

曲煒愣了一下，沉吟了一會兒說：「你的意思是，金達和孫守義未來可能會發生衝突？不會吧，很多人都說孫守義跟金達在市政府配合的很好啊。」

傅華笑笑說：「那是在市政府，如果讓他們各自主管市委和市政府，您看他們還會不會那麼和諧吧?!不久的將來，他們之間肯定會有事情發生的。我之所以不擔心金達，也就是因爲這個，在政治手腕上，金達是不如孫守義的，金達的性格也不如孫守義懂得隱忍，他能不能玩得過孫守義還很難說，哪還有時間來對付我這個小卒子啊？」

事實上，傅華還有一句潛臺詞沒說出來，那就是到時候金達和孫守義之間如果真的對立起來，就給了他很大的操作空間了，他可以利用孫守義來制衡金達，讓金達不得不對他有所忌憚。

但他知道這些話說出來，曲煒是不愛聽的，所以傅華沒有講。

曲煒聽了說：「如果真是那樣的話，那可有金達受的了。金達這個人還是太書生氣，恐怕真的不是孫守義的對手。看來海川市又有熱鬧可看了。」

傅華看曲煒並沒有因爲金達和孫守義未來可能發生衝突，就準備勸呂紀另作安排，就知道曲煒一定是明白呂紀和鄧子峰的交易是不可能被改變的。

曲煒接著問道：「鄧子峰就問了這些，沒跟你談別的？」

傅華說：「他問我願不願意去省駐京辦工作，被我拒絕了。」

曲煒聽了說：「我們這位鄧省長動作挺快的，這就要安排自己的人馬了。」

傅華笑說：「我猜也是，所以我拒絕了他，我可不想夾在省委書記和省長之間受氣。」

曲煒說：「其實也未必是受氣，認真想想，鄧子峰這一手用人的安排其實很巧妙，你可能真的是省駐京辦合適的人選。」

傅華問：「市長的意思，不會是真的想要我去省駐京辦工作吧？」

曲煒笑笑說：「你拒絕了鄧子峰，當然是去不成的了。不過，你真的很適合這個位置。鄧子峰對你和我的關係一清二楚，知道你可以利用我跟呂紀有良好的溝通。另一方面，你是呂紀和鄧子峰都信任的人，把你放在省駐京辦，可以作爲兩方溝通的橋梁，自然是再合適不過了。」

傅華倒是沒往這一層上去想，但是曲煒說得很有道理，鄧子峰是一個全局觀很強的人，他肯定早就想到這些錯綜複雜的關係。傅華暗自搖了搖頭，看來要玩政治這盤棋，他還有很多需要學習的地方啊。

齊州，鄧子峰的辦公室，孫守義正在跟鄧子峰談話。

這次孫守義是專門來找鄧子峰彙報工作的，而他之所以這麼做，則是受了趙老的指示。

就在前幾天晚上，趙老專門打電話給他，跟他談幫他爭取海川市市長的情形。

趙老說：「小孫啊，鄧子峰這次到北京專門來看我了，談到了你在海川市的工作情況，把你很是表揚了一通，說你在海川做得很好，不愧是中央部委調教出來的人。」

孫守義一下還沒反應過來，問說：「老爺子，他找您談我的工作狀況幹什麼啊？」

趙老笑說：「這你還不明白嗎？人家這是在拉攏你呢。小孫，這份情你必須要接著，這可關係到你能不能出任海川市市長呢。」

孫守義激動地說：「老爺子，您的意思是鄧子峰能幫我拿下海川市市長的寶座？那呂紀會願意嗎？」

趙老笑了起來，說：「呂紀不會不願意的，因爲這是他們交易的一部分。現在呂紀要安排金達出任市委書記，市長的位置自然就會禮讓出來，讓鄧子峰安排了。所以你的運氣不錯，鄧子峰因爲新到東海不久，還沒有建立自己的嫡系人脈，你因爲是從中央部委下去的幹部，跟東海省原來的那些人關係並不是很近，於是就被選中了。」

孫守義有點擔心的說：「鄧子峰選中我，會不會招來呂紀對我的不滿啊？」

趙老笑笑說：「呂紀會因此對你有戒心，但還不會到不滿的程度，畢竟你身後還有我和沈佳父親這些老傢伙在，他不敢給你臉色看的。小孫啊，這是一個二選一的問題，不是選鄧子峰就是選呂紀，不可能兩者都選的，現在的關鍵是你要怎麼選。」

孫守義自然知道政治有時候就是一個選邊站的問題，在關鍵的時候，你必須從幾個相互對立的陣營中，選出一個想要跟隨的陣營。因而選對陣營是很重要的，因爲選錯了，有可能你的仕途將會因此被葬送。

不過，孫守義並不認爲他應該要選擇鄧子峰，相較來說，呂紀似乎更好一些，於是問道：「老爺子，爲什麼我不可以選擇呂紀呢？」

趙老分析說：「道理很簡單，如果你選擇了呂紀的話，你的市長寶座肯定就沒有了！你不選擇鄧子峰，他就會提出別的市長人選，鑒於他跟呂紀已經有了默契，呂紀一定會同意鄧子峰中意的人選。這樣你明白了嗎？如果你想要做市長的話，你的選擇就只有鄧子峰。」

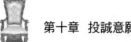

孫守義沉吟起來，很難做出選擇。如果他身上被打上鄧子峰的烙印，以後呂紀的人可能就會想盡辦法擠兌他了。於是孫守義問道：

「老爺子，您對鄧子峰的未來怎麼看啊？」

趙老說：「我知道你擔心站錯邊，不過，這次我認爲你應該選擇鄧子峰。理由有幾點：一是，這次的機會很難得，如果你不選擇鄧子峰，就得再等好幾年才有機會能夠成爲市長。政壇上的形勢瞬息萬變，幾年後，誰也不敢保證一定有機會讓你當上市長。所以一旦出現機會，就要當仁不讓。」

對這一點，孫守義倒是絕對贊同的。政壇上的機會真是可遇不可求的，遇到了就要馬上抓住才行，否則時機一過，只能望而興嘆，後悔莫及。

趙老接著說道：「第二，鄧子峰新到東海，正是用人之際，你選擇他的陣營，他一定會對你加以重用的。但是你對呂紀來說是可有可無的，就算他因爲金達的推薦，用你做這個市長，也不會像鄧子峰那麼重視你。」

「第三呢，就是你問的鄧子峰的未來了。關於這個，我無法作什麼判斷。不過中央對鄧子峰去東海省之後的表現還算滿意，認爲他很快就進入狀況，工作進行的不錯。此外，鄧子峰也比呂紀年輕，未來說不定能夠接任省委書記的位置。兩相比較，你似乎跟著鄧子峰更有前途些。小孫，基於這三點，你是不是選擇鄧子峰更合適呢?!」

孫守義點點頭說：「老爺子，叫您這麼一分析，我心裏馬上透亮多了，那我就聽您的安排。」

趙老說：「既然這樣，回頭你找個時間單獨去跟鄧子峰做一下工作彙報，別的什麼都不用說，就談你對海川市的規劃設想，然後讓鄧子峰幫你提提意見，你明白嗎？」

孫守義明白，做彙報只不過是個藉口而已，真實的目的是向鄧子峰表達投誠的意願。雖然這只是一個形式，卻非走不可，只有這樣明確的表態，鄧子峰才能確定他的忠誠，也才能把他當做自己人做出後續的安排。

孫守義便笑笑說：「行，我會主動去找鄧省長的。」

孫守義便跟鄧子峰彙報了最近海川市的經濟發展狀況，特別講到雄獅集團在海川的投資情況。這對鄧子峰提出的打造黃金海岸，建設東北亞國際貿易中心區的經濟發展戰略也有很大的影響，孫守義相信鄧子峰一定很重視。

果然，孫守義聽到這一塊的時候，連連點頭，不時的還插話詢問其中的細節，最後他很滿意地說：「守義同志，這件事你們做得很好，這是一個十分有利於我們東海省經濟發展的項目，簽下合約只是第一步，後面的事情更要做好才行。」

孫守義趕忙說道：「省長放心，我們一定不會讓您失望的。」

鄧子峰笑說：「我對你們當然很放心，尤其是你。你是中央部委下來的幹部，我來東海之後，就對你很關注，不得不承認中央部委的水準還是比較高，出來的幹部就是不一樣，各方面的能力和水準都很出類拔萃啊。」

孫守義立即謙虛地說：「省長真是太誇獎我了，我只是盡到了自己的本分而已。」

鄧子峰誇讚說：「你這話說得很好，盡到了自己的本分。國家需要的，也就是我們這些幹部盡到本分而已，但是很多同志卻做不到這一點。守義同志，好好幹吧，我會一直關注你的。」

到這個時候，孫守義知道他已經完成了效忠投誠的程序，以後鄧子峰就會把他當做自己人來看待了，這也意味著他得到了鄧子峰支持他成爲海川市市長的允諾。

孫守義就站了起來，跟鄧子峰告別。

鄧子峰把他送到辦公室門口，又跟他握了握手，拍了拍他的肩膀，說了聲：「再見，回去好好工作。」

孫守義就離開了省政府，坐上車往海川趕。

出了齊州不久，孫守義的電話響了起來，是海平區區長陳鵬的電話。

「守義市長，您現在在哪裡啊？」陳鵬問道。

不知道是不是因爲剛剛在鄧子峰那裏得到了承諾，孫守義聽到陳鵬稱呼他爲守義市長，心裏格外覺得舒坦，就笑笑說：「我在齊州往海川趕的路上，怎麼，找我有事啊？」

陳鵬笑笑說：「沒什麼特別的事，就是想問您晚上有沒有安排活動？沒有的話，能不能賞光讓我請您吃頓飯啊？」

孫守義臉上浮現出一絲笑意，陳鵬在這個時間點請他吃飯，一定是聽到什麼風聲了。

孫守義打趣說：「你這傢伙，沒事請我吃飯幹什麼？無事獻殷勤，非奸即盜，老實交代，你在打什麼壞主意啊？」

陳鵬笑說：「守義市長，您看您說的，我怎麼敢打您的壞主意啊？您又不是不知道，我這個人最老實不過了，要不然這麼多年也不能老是待在海平區區長的位置動彈不得了。」

孫守義笑罵說：「去你的吧，你還老實？你別以爲我不知道你私下都做了些什麼！趕緊說，究竟是想找我幹什麼。」

陳鵬卻不肯鬆口，只說：「沒什麼，就是想請您吃頓飯而已，您不必這麼緊張。」

孫守義卻覺得絕不會是僅僅吃頓飯而已，陳鵬若不是有什麼目的，是絕沒有這個空閒時間陪人吃飯的，就故意說：「你不說爲了什麼事是吧？那我不去了。」

陳鵬趕忙陪笑著說：「別呀，您別不來啊！我說還不行嘛！」

孫守義催促說：「那就趕緊說。」

陳鵬說：「是您認識的一個朋友，托我約您一起吃頓飯，說是跟您以前有點誤會，想跟您解釋一下。」

孫守義愣了一下，他到海川之後，跟他產生過衝突的人並不多，於是語氣嚴肅起來，問道：「是誰啊？」

陳鵬聽孫守義的語氣嚴肅起來，有點不妙的感覺，趕忙解釋說：「守義市長，我先聲明一點，我之所以願意幫那個人約這個飯局，不單是因爲那個人跟我的關係不錯，也是考慮到這麼做對您的將來也有很大的好處，所以我才冒著您可能生我氣的危險這麼做的。」

孫守義大概猜出這個幕後人是誰了，便笑笑說：「老陳啊，我從來不知道你還是一個做和事老的人啊？」

陳鵬苦笑了一下，說：「您猜到是誰了？」

孫守義笑說：「還能有誰啊？在海川跟我有誤會的人有幾個？不就是城邑集團的大老闆嗎？」

束濤的城邑集團在海平區也有建案，陳鵬作爲海平區的主官，跟束濤肯定有密切的交往，因此他才會猜測讓陳鵬出面的人是束濤。

陳鵬立即說：「您真英明，一猜就中。您可以聽我解釋一下原因嗎？」

孫守義說：「你說，我聽著呢。」

陳鵬說：「是這樣子的，束董以前誠然是有些事情做的不好，但是您和他都算是海川市有頭有臉的人物，老這麼鬧得不愉快，並不是一件好事。城邑集團也算是海川數一數二的企業，束董在海川各方面都有一定的影響力。您是做大事的人，有時候更應該著眼全局，所以我認爲既然束董主動找上門來跟您賠罪，這是您跟他和解的一個好機會。」

孫守義沉吟了起來。陳鵬那句「做大事的人」，基本上已經算是明白地指出他即將做市長了。而要他著眼全局，則是說希望他能從一個市長的角度來通盤考慮他跟束濤之間的關係。

作一個市長，首先要考慮的是如何發展這個城市的經濟，城邑集團身爲海川幾個重要的企業之一，孫守義自然要考慮如何處理跟城邑集團的關係問題。

另一方面，束濤這個人在海川根基深厚，政商兩界人脈廣泛，光從他能先後跟兩任的海川市委書記關係密切這一點上就能看出來。這個人如果能收服爲己所用，對他將來做市長是可以助一臂之力的。

第三點，現在市長是選舉制，必須經過當地人大代表的選舉，才能獲得正式的任命。雖然大多時候，這種選舉都會按照組織上的意圖實施，但這並不是百分之百的，誰也無法保證就一定不出意外，孫守義自然不想在他被推薦爲市長候選人的時候發生落選的意外，要確保萬無一失，就需要跟各方勢力儘量協調好關係，就像陳鵬所說的，這個束濤在各方面都有很大的影響力，是一個不可忽視的人物。

如果不接受束濤的和解，這傢伙一定會想盡辦法跟他搗亂的。

孫守義考慮清楚其中的利害關係後，馬上就決定接受陳鵬安排的飯局。便說：「那晚上要在哪裡？」

陳鵬說：「這就要看市長您了，您覺得在哪裡比較合適呢？」

孫守義想了想說：「不要在海川大酒店，其他地方都可以。」

孫守義不想讓太多人知道他跟束濤的會面，尤其是不想讓金達知道。因爲鋸樹事件，金達現在對束濤深惡痛絕，在金達對束濤餘怒未消的時候，孫守義就去跟束濤接觸，並不是件好事，說不定會觸怒金達，所以越低調越好。

陳鵬笑笑說：「我明白，那就在碧海大酒店吧。」

碧海大酒店是海川市另外一家五星級大酒店，位置很偏遠，與海川大酒店有一段距離，在這裏跟束濤見面，不太會引起別人的注意，孫守義同意了，說：「行，就是那裏吧。」

陳鵬掛了電話，孫守義也把手機收了起來，他很享受這一刻的感覺，沉浸在將要成爲海川市市長的氛圍中了。

不知道那個孟森會不會跑來參加今晚的宴會呢？如果束濤真的把孟森帶來了，他要怎麼辦呢？

孫守義不禁想起自己剛到海川時跟孟森發生的衝突，正是因爲跟孟森的衝突，從而引發了後續的一連串事件。他也從跟孟森束濤這些人的博弈中，政治經驗逐漸豐富，知道政壇上的進退取捨。今天，他已經完全有信心能夠做好這個海川市的市長了。

說起來，他還應該感謝孟森，是孟森讓他在鬥爭中獲得了成長。從這一點上看，如果孟森當面跟他賠罪的話，他可以把兩人的恩怨一笑了之的。

孫守義到達碧海大酒店時，束濤和陳鵬已經等在酒店的大廳裏。

看到孫守義的車子到了，束濤和陳鵬快步迎了出來。

孫守義笑著伸出手來，說：「束董啊，不好意思，麻煩你久等了。」

孫守義主動伸出手來，是他認爲既然要和解，索性就做的大方一點，多給束濤一點面子，這樣也避免束濤感到尷尬。

束濤也是打拼多年的老將了，對此自然是心領神會，就也用力的跟孫守義握了握手，笑笑說：「守義市長，不好意思的應該是我啊，以前多有得罪的地方，今天我是專程來跟您說聲抱歉的。」

束濤之所以特地托陳鵬出面約孫守義賠罪，是他從省委一個朋友那裏得到了消息，說金達即將出任海川市市委書記，而接任海川市市長的，將是現任海川市常務副市長的孫守義。

聽到這個消息後，束濤的心像掉進冰窟一樣冰涼，不禁暗罵莫克害人不淺，莫克突然死亡，讓他措手不及，根本就沒辦法應付四面環敵的局面。城邑集團在這種重壓之下，生存空間將會被急劇壓縮，未來的前景堪憂啊。爲此，他在跟張作鵬喝酒的時候，發了不少的牢騷。

張作鵬卻不以爲意的說：「你怕什麼啊？我就不信金達和孫守義敢對你做什麼。如果他敢對你做什麼的話，你就把事情鬧大，看他們怎麼下臺。」

束濤苦笑著說：「我怕的不是他們對我和城邑集團做什麼，而是以後有這兩傢伙主政海川，我們城邑集團就會失去很多參與項目的機會。說到底，人家不用對我做什麼，光是讓我拿不到項目，我還不是得等死。」

張作鵬提議說：「其實也沒那麼可怕，你從這兩人中選一個來拉攏一下，不就行了嗎？」

束濤嘆說：「我前面做的事，把這兩人算是狠狠得罪了，他們怎麼還會接受我的拉攏呢？」

張作鵬笑了笑說：「束董，你這麼想可就錯了。前面是前面，現在是現在，情況已經不同了。」

束濤看了看張作鵬，問道：「張董，你這是什麼意思啊？」

張作鵬說：「你真是身在局中，看不清形勢，這你都不明白嗎？以前他們並不需要你，跟你對立自然可以。但現在他們最起碼其中的一個人是需要你的，再跟你對立就不明智了。」

束濤不解地說：「他們需要我，怎麼可能啊？」

張作鵬笑說：「怎麼不可能啊？你想呀，他們成爲海川市的一二把手後，首先要做的是什麼？當然是先做出點成績給省委看，好證明省委選擇他們是正確的。在這種情況下，就連金達也不敢一上來就對你們採取什麼報復措施的。他們必然要籠絡好企業，然後才能把績效做的好看起來。」

束濤想了想說：「這倒是。」

張作鵬接著說道：「不僅僅是這樣，金達還好說，孫守義要成爲市長，一定要經過一場選舉，你在海川經營多年，城邑集團有一定的財力，雖然不一定能讓他選不上，但是讓他選得很難看也不是不可能的。所以孫守義是不敢得罪你的，如果你能主動示好，跟他和解，我想他是會求之不得的。」

束濤聽了，恍如撥雲見日說：「謝謝你的提醒啦，你這麼一說，我心裏敞亮多了。」

於是束濤就找陳鵬，讓他出面安排了這次的飯局。

孫守義拍了一下束濤的肩膀，說：「束董啊，千萬別這麼說，我們都是在海川市這個舞臺上發展，磕磕碰碰是難免的，牙齒還有咬到舌頭的時候呢，如果要說抱歉的話，那大家都要說抱歉了。」

陳鵬在一旁說：「束董，我跟你說的沒錯吧，我都跟你講了，守義市長是一個大度的人，不會跟你計較那些瑣碎的事的。」

束濤立即附和說：「是啊，守義市長真的是大人大量啊，我感到十分的汗顏。」

孫守義笑笑說：「束董，不要這麼說，老陳約我的時候，是說跟朋友一起吃頓飯，大家既然坐到一起吃飯，就要高高興興的，以前的事情都把它忘了吧。」

陳鵬高興地說：「對，守義市長說得對，把那些都忘了，誰再提的話，罰酒三杯。」

孫守義笑說：「老陳這個提議好，既然是你提議，你就監督著，看誰再提，就罰他三杯。」

束濤說：「好，誰都不提，走吧，大家一起進去坐吧。」

眾人就一起進了酒店。

爲了表示對孫守義的尊重，束濤特別訂了酒店最高檔的雅座，菜肴也是按照最高規格。酒則是束濤帶來的飛天茅臺。

東濤介紹說：「守義市長，我這瓶茅臺可是在家裏存了有些年頭的，絕對比市場上那些二三十年的好喝得多，今天跟您坐在一起很高興，就把它喝了吧。」

孫守義看到茅臺的標籤都已經發黃，一看就是珍藏許久的寶貝，心裏明白東濤對這次會面果真是極爲重視，把珍藏多年的寶貝都貢獻了出來，誠意十足。

酒瓶開啓，一股濃郁的香味便溢了出來，孫守義不由讚了一聲：「好酒。」

東濤笑笑說：「看來守義市長是懂酒的了。」

孫守義說：「我算不上什麼懂酒的人，只是在北京趙老家喝過這種酒，真是齒頰留香啊。連這麼好的酒都拿了出來，東董真是捨得啊。」

東濤豪爽地說：「有什麼捨不得的，酒再好，也是要給人喝的。來，守義市長，這杯我敬您，爲我們今天能夠坐在一起乾杯。」

孫守義端起酒杯跟東濤碰了碰杯，然後一飲而盡。

東濤看了說：「想不到守義市長是這麼爽快的人，早知道這樣，我早該找您一起喝酒了。」說著，也一仰脖將杯中酒給乾了。

東濤又將孫守義和自己空著的杯子倒滿酒，孫守義端起酒杯，說：「東董，說句實話，我孫某人在海川是所謂的空降幹部，很需要大家鼎力支持，我從沒有要跟誰爲難的意思。這杯酒我敬你和老陳，希望我們能夠精誠合作，在海川發展好各自的事業。」

不知道束濤是真的感動，還是裝出來的，他改用雙手端起酒杯，跟孫守義碰了一下杯，激動地說：「守義市長，您這話說的太好了，想想我以前真是太糊塗了，做了很多不該做的事情，這杯酒我先乾，就當賠罪了。」

束濤講這些話時，眼圈還隱隱泛著淚光。

幾杯酒下肚，酒桌上的氣氛就熱鬧了起來。孫守義這人平常就沒什麼架子，加上今天他刻意要給束濤面子，所以喝起酒來越發的豪爽，很快就和束濤稱兄道弟起來，酒桌上的氣氛越發的熱烈。

酒宴結束時，束濤和孫守義兩人都喝得有點多，搖搖晃晃相互攙扶著出了酒店大門。

束濤把孫守義送上車，借著酒勁，往孫守義手裏塞了一張銀行卡，說：「守義市長，我今天才知道您是這麼夠意思的人，以後您有用到我束某人的地方，儘管吩咐。」

孫守義雖然酒喝得不少，還沒有到十分醉的程度，見束濤往他手裏塞卡，腦袋裏馬上就打了一個機靈，看了束濤一眼，笑笑說：

「束董啊，我們今天能坐到一起，還喝得這麼高興，就是好朋友了。記住啊，以後再有這種好酒，可別忘了叫我一起喝。放心吧，以後在我權力範圍之內能幫忙的，我一定會幫的。朋友交往貴在交心，交心就夠了。」

孫守義一邊說時，手裏不著痕跡的把卡又塞回了束濤手裏。

束濤馬上明白孫守義的意思，孫守義的意思很簡單，他以後會幫忙束濤，但是那是爲了朋友的情誼，而非爲了錢財。

束濤曉得孫守義在意的是他的仕途，爲了仕途，他是不會甘冒風險去受賄的。束濤就不好再去勉強孫守義，把卡收了回來，笑說：「我明白守義市長的意思了，我還是那句話，需要用到我束某人的地方，您只管吩咐好了。」

大家都是聰明人，廢話就無需多說了，孫守義拍了一下束濤的肩膀，說：「那我走了。」然後上了車，離開了碧海大酒店。

孫守義讓司機送他回住處，車子到了門口，孫守義下車往樓道裏走，身後突然有人叫他：「老孫，你也這麼晚才回來？」

孫守義回頭一看，看到金達也剛從車裏下來，就笑笑說：「原來是市長啊，您也剛應酬回來？」

金達點點頭說：「是啊，做我們這工作就這點不好，每天都有應酬不完的人和事。誒，老孫，你今天不是去了齊州嗎？這晚上又是去應酬誰了？」

孫守義心虛了一下，他可不能讓金達猜到他應酬的是他的敵人束濤，就笑著掩飾說：「也沒什麼人，回來的時候我剛好遇到一個商界的朋友，就一起喝了幾杯。」

金達看出孫守義似乎是有什麼事情不想讓他知道的樣子，心裏不禁愣了一下，這傢伙應酬誰不想讓他知道呢？難道是有什麼事情瞞著他嗎？

金達心裏不禁起了疑雲，就說：「老孫啊，你這樣可不是只喝了幾杯啊，需不需要我扶你進去？」

孫守義說：「我沒事的，市長，我能行。」

兩人一起進了電梯，金達有一搭沒一搭的問道：「老孫啊，鄧省長找你去齊州幹什麼啊？」

這又是一件孫守義不想跟金達講的事，他總不好說自己是去向鄧子峰投誠去了吧？於是遲疑了一下說：「我是去向鄧省長彙報雄獅集團的情況，鄧省長對我們所做的很滿意，表揚了我們，還特別讓我轉告您，讓我們再接再厲，把後續工作做得更好呢。」

金達再次把孫守義的遲疑看在了眼裏，他不知道孫守義跟鄧子峰見面中，有什麼事情不能讓他知道，心裏就越發地不舒服了。

這段時間，金達一直感覺兩人合作的不錯，但是現在他開始覺得孫守義跟他之間有嫌隙了，孫守義有事情不想讓他知道，似乎是在防備他什麼。

金達臉色的變化，孫守義看在眼中，心裏不由得暗罵自己不該貪杯，否則也不會出現這種無法及時應對的情況，以至於讓金達看出了什麼端倪。

兩人各自沉思著，互相揣測著對方的想法，氣氛就有點悶，孫守義越發覺得尷尬，幸好很快就到了，電梯門打開，金達先走出了電梯，跟在後面的孫守義這才鬆了口氣。

幾天後，東海省委常委會通過了讓金達出任海川市委書記的建議，鄧子峰和孟副省長都投了贊成票。鄧子峰還稱讚金達在海川市市長任上所做出的成績，認為呂紀建議由金達出任海川市市委書記是再合適不過了。

孟副省長對金達則是表達了有保留的支持，他說：「金達同志這幾年來雖然在海川做出了些成績，但是經驗還嫌不足。不過呢，也可以給金達同志在鍛煉中成長的機會。」

孟副省長這麼說，實際上是因為他並沒有從這件事情上得到他滿意的報償，但是他又不敢對抗呂紀和鄧子峰，便只有跟著同意了。

金達被呂紀找去做任職市委書記前的談話，呂紀說：「金達同志，省委常委會決定由你出任海川市新一屆的市委書記。」

雖然來之前就知道是為什麼，但是當金達聽到他期待已久的這個消息的當下，還是很緊張的，心情一時間無法平靜，他咽了口唾沫，坐直了腰板，說：「感謝組織上對我的信任，我一定努力工作，絕不辜負組織對我的期望的。」

呂紀訓勉道：「金達同志，你要知道海川市是我們東海省的工業大市，市委書記這個擔子很重，實話說，在研究你這個人選的時候，有些領導同志對你還是有所疑慮，認為你經驗不足，挑這副重擔尚顯稚嫩，省委經過再三斟酌，才下了這個決定，選你出任海川市市委書記。希望你好好工作，不要讓人覺得省委作出這個決定是錯誤的。」

金達立即說：「請呂書記和省委放心，我一定會盡心盡力做好市委書記的工作。」

呂紀說：「希望你能說到做到。誒，金達同志，你覺得海川市現任領導中，哪一位同志適合接任海川市市長啊？」

金達遲疑了一下，這些天他也一直在考慮接任市長的人選問題，究竟要不要推薦孫守義呢？如果是在他看到孫守義喝醉的那晚之前，他一定想都不想的就會推薦孫守義。但那晚孫守義的表現實在太令人懷疑了，這讓金達開始覺得孫守義這個人不太可信，因此猶豫了起來。

但是不推薦孫守義又能推薦誰呢？副書記于捷嗎？金達覺得于捷這個人偏弱了一點，不適合出任市長這個職務。其他的人就更不合適了。想來想去，還就是孫守義比較可以勝任這個位置。

於是金達最終還是決定推薦孫守義，便了笑說：

「呂書記，經過通盤的考慮，我認爲常務副市長孫守義同志各方面能力出色，在常務副市長的位置上也做得很稱職，加上他來自農業部，在中央部委中有很多人脈關係，十分適合出任海川市市長的職務。」

呂紀看金達開口推薦了孫守義，暗自鬆了口氣，於是笑了笑說：「守義同志各方面能力都很出色，你推薦他來出任這個市長，很有眼光。省委會慎重的考慮這件事的。」

至此，呂紀覺得該跟金達交代的場面話都交代完了，他的態度緩和了下來，用一種很慈愛的目光看著金達，說：

「秀才啊，我很高興你終於走上了市委書記這個崗位了。昨天我還跟郭奎書記通了電話，告訴他你要出任海川市市委書記這件事，他也替你感到高興。」

金達感激地說：「呂書記，我能有今天，與您和郭書記對我的培養密切相關，謝謝你們對我一直以來的栽培。」

呂紀眼神複雜的看著金達說：「秀才啊，你明白這一點就好。郭書記讓我轉告你，做了市委書記之後，要從全局來看待事情，要學著心胸開闊一些，接受那些可能並不入耳的意見。你明白他的意思吧？」

金達點點頭說：「我明白，今後我會處處嚴格要求自己的，一定不會給您和郭書記丟臉的。」

呂紀又說：「我看你剛才推薦孫守義同志接任市長的時候，稍稍遲疑了一下，怎麼，你們之間是不是有什麼問題啊？」

金達趕緊搖搖頭否認。

呂紀瞅了一眼金達，說：「最好是沒有。秀才，你要知道市委書記和市長這兩個職位需要做的事情是很不同的，市長只要做好市政府這邊的工作就好了，而市委書記是一個城市的當家人，各方面你都需要管好，尤其是要協調和處理好跟班子裏其他同志的關係。對守義同志，鄧子峰同志十分看好他，我也傾向由他出任新一任的海川市市長。無論最後是不是守義同志出任新市長，我都希望你能跟未來的海川市長相互配合好，把海川給我建設好。」

金達心頭一震，他注意到呂紀說鄧子峰很看好孫守義這句話，馬上就明白為什麼那天他問孫守義鄧子峰跟他談什麼，孫守義會遲疑了。呂紀這句話是在明白的告訴他，孫守義是鄧子峰的人。

金達暗自吃驚著，他沒注意到孫守義什麼時間跟鄧子峰拉上了關係。這件事還是發生在他眼皮底下，金達覺得自己實在有點太遲鈍了，怎麼會一點苗頭都沒看出來呢？看來以後要多注意一下孫守義，不然被他賣了還不知道呢。

看呂紀還在等著他表態，金達便笑笑說：「您放心好了，呂書記，我也是做過市長的人，自然是能體諒做市長的難處，我一定會跟他們配合好，不會給他們找麻煩的。」

呂紀聽了，滿意地說：「這倒是，你也受過張琳和莫克的爲難，想來也明白市長的處境是怎麼樣，知道該怎麼去做了。好啦，那我就不跟你囉嗦了。」

隨即東海省省委副書記就來海川宣布了對金達市委書記的任命，至此，金達正式成爲海川市的一把手。

吃完午飯，送走省委副書記後，金達回到了他的市長辦公室。

金達看著辦公室裏熟悉的傢俱，心中忽然有一種不捨的感覺，不過雖然心中依依不捨，但是金達心中還是欣喜更多一點。他已經渴望市委書記寶座很久了，奮鬥到今天，終於得償宿願了。

這時有人敲門，金達喊了一聲進來，孫守義走了進來，對金達說：「市長啊，不對，我老叫您市長叫慣了，現在應該叫您書記了。」

金達笑笑說：「無所謂了，老孫啊，你愛怎麼叫就怎麼叫吧。有事嗎？」

孫守義說：「您現在是名正言順的書記了，是不是應該搬到市委那邊辦公了？」

金達若有深意的看了孫守義一眼，笑笑說：「怎麼，老孫，急著讓我給你騰地方啊？」

孫守義愣了一下，金達很少用這種半開玩笑半促狹式的口吻跟他說話，他不由得有些尷尬，乾笑說：「書記，您知道我不是這個意思。」

看到孫守義窘迫的樣子，金達心中多少有些快意，便說：「你緊張什麼啊，老孫，我是跟你開玩笑的。誒，我可是向省委推薦你接任我做市長的，你搬到這個辦公室也是早晚的事啊。」

孫守義便客套地說：「謝謝書記對我的信任，希望組織能給我這個機會。」

金達說：「沒問題的，呂紀書記說，鄧省長對你也很支持，想來你接任市長肯定是沒問題的。」

金達特別點出鄧子峰，孫守義心中就有點打鼓了，他不明白金達這麼說是什麼意思，抬頭看了金達一眼，正好看到金達用探究的眼神也在看著他，就笑笑說：「沒想到鄧省長會這麼看好我，我還以爲那天他叫我去，就是簡單的彙報工作呢。」

孫守義這種欲蓋彌彰的態度，讓金達更彆扭了，越發堅信這傢伙是個善於僞裝陰一套陽一套的小人了。自己怎麼早沒看透他呢？

還有那一天孫守義從齊州回來，究竟是去跟什麼人見面呢？他說是跟一個商界的朋友偶遇，會是哪個商界的朋友讓孫守義不好意思在自己面前說出來呢？

懷疑的種子已經種下去了，自然就會很快發芽，滋生出猜忌的枝蔓來。金達心中既然已經認定孫守義那天是在欺騙他，便很想找出孫守義是爲什麼在欺騙他。

忽然，金達腦中靈光一閃，他想到那一天孫守義遇到的可能是誰了，目前來看，似乎只有跟這個人吃飯，是孫守義不想告訴他的。金達覺得這個人應該就是城邑集團的束濤。

金達現在在海川商界中，只有兩個人可以稱得上是敵人，一個是城邑集團的束濤，另一個則是興孟集團的孟森。

孟森這個人痞性十足，跟孫守義發生過幾次直接的衝突，兩人的關係水火難容，孫守義應該是不會跟孟森在一起吃飯的。而且孟森社會關係複雜，有黑社會的背景，孫守義這樣珍惜羽毛的人，也不會在這個敏感時候去跟孟森有什麼接觸的。

但是束濤就不同了，束濤的城邑集團實力雄厚，是海川商界的中堅力量。束濤這個人也是在海川政商兩界人脈廣泛，如果不是因爲舊城改造項目上的博弈，就連金達也很願意跟束濤保持良好接觸的。

他是海川不可忽視的力量，處理好跟他的關係，對孫守義和束濤都有好處。尤其孫守義目前正是在爭取市長位置的關鍵時期，跟束濤交好，對他未來登上市長寶座自然好處多多；偏偏自己跟束濤因爲鋸樹事件關係壞到了極點，孫守義自然不想讓他知道自己私下接觸了束濤。如果是這樣的話，那天孫守義的遲疑就能解釋得通了。

想到這裏，金達就想試探一下孫守義那天一起吃飯的人究竟是不是束濤，於是他笑笑說：「老孫啊，你不用解釋了，我是真心希望你能坐進這個辦公室裏來的，所以鄧省長支持你是好事啊。」

說到這裏，金達抬頭看了看孫守義，接著說道：「先不說這些了，誒，老孫啊，你覺得我們應該拿束濤這傢伙怎麼辦啊？」

按照金達的想法，如果那晚孫守義真的是跟束濤在一起，他一定不願意再去針對束濤做什麼的，所以金達直接把束濤提出來，看看孫守義會是什麼樣的反應。

孫守義愣了一下，一時沒反應過來金達怎麼會突然提起束濤來，便說：「什麼怎麼辦啊？書記，您這是什麼意思啊？」

看來孫守義並沒把束濤當做敵人，金達的心在往下沉著，他基本上可以確定那晚跟孫守義在一起的人就是束濤了。

他笑了笑說：「什麼意思？老孫啊，你忘了鋸樹事件了？你不會真的以爲那件事是那個什麼李龍彪做的吧？」

孫守義不以爲意地笑笑說：「原來您說的是這件事啊，這件事很難辦，目前我們掌握到的證據還追不到束濤身上，省公安廳已經把這個案子結案了，結論認定嫌犯就是李龍彪，我們沒辦法推翻這個結論，自然也就沒辦法去追究束濤的責任。」

金達看了孫守義一眼，說：「不過，老孫，你和我心裏都清楚鋸樹事件是怎麼一回事的。」

孫守義心說我當然清楚是怎麼一回事啦，不過此一時彼一時，束濤雖然想給你製造麻煩，但是並沒有得逞；你現在都已經是海川市委書記了，這時候再去追著束濤不放，是不是有點不明智了？

孫守義便說：「是啊，我們都清楚這是怎麼一回事，但是苦於沒有證據啊。書記，我覺得就目前來看，我們不應該繼續糾纏在這件事上，應該往前看了。」

「往前看？」金達笑說：「怎麼個往前看法呢？」

孫守義不疑有他地說：「您現在已經是市委書記了，看什麼事應該著眼全局，把前面一些恩怨忘掉。城邑集團是海川市很重要的一家企業，如果我們再去糾纏這件事不放，別人可能會說我們是公報私仇，這也不利於海川經濟的發展，所以我認爲您應該放下這件事，別再去糾結了。」

金達心中暗自好笑，以前都是他勸孫守義儘量隱忍，不要做過度針對束濤、孟森這些人的事情，現在整個形勢反轉了過來，倒是孫守義主動勸他把恩怨放下、要往前看，不要繼續追著束濤不放了。

孫守義會有這麼大的變化，除了他跟束濤一定有了什麼交易之外，金達真的不知道該作何解釋了。

金達苦笑了笑，他只是試試孫守義而已，並不是真的要針對束濤做什麼。除掉反感孫守義跟束濤私下背著他達成某種交易的因素外，他也覺得孫守義說得很有道理。他現在是市委書記，不是市長了，他需要從全局來考慮問題，不宜再去糾纏以往那些恩恩怨怨啦。

如果再繼續糾纏下去，反而會被認為他這個市委書記氣量太過狹窄。而且，在目前孫守義已經跟束濤達成某種默契的前提下，他就更不能這麼做了。缺乏孫守義這個未來市長的配合，會讓他只是徒然追著束濤不放，卻無法對束濤採取有效的措施，從而陷入很被動的境地。

金達當然不傻，就笑笑說：「是啊，老孫，你說得對，我的看法跟你是一致的。我想，現在海川的形勢已經變了，束濤也不敢再做什麼針對我們的行動，我們確實是應該往前看，以後我們的工作重點應該放在海川的發展上，而不是繼續跟他們糾纏的這些枝節啦。」

請續看《官商鬥法》II 15官場登龍術

地獄公寓
THE INFERNO APARTMENT
地獄之門已開，
他們將如何逃出死神的魔掌！
網路知名作家「黑色火種」
連續三年點擊率排行第一
這是一座隱形的公寓，不存在於現實的世界
只要牆上的血字出現
公寓的住戶，就必須按指示執行
稍有違背者，死！
史上最驚悚破膽懸疑小說
「黑色火種」網路點擊率排行第一
驚悚破膽上市

官商鬥法II 十四 逆向挽狂瀾

作者：姜遠方
發行人：陳曉林
出版所：風雲時代出版股份有限公司
地址：105台北市民生東路五段178號7樓之3
風雲書網：http://www.eastbooks.com.tw
官方部落格：http://eastbooks.pixnet.net/blog
Facebook：http://www.facebook.com/h7560949
信箱：h7560949@ms15.hinet.net
郵撥帳號：12043291
服務專線：(02)27560949
傳真專線：(02)27653799
執行主編：朱墨菲
美術編輯：吳宗潔

法律顧問：永然法律事務所 李永然律師
北辰著作權事務所 蕭雄淋律師

版權授權：蔡雷平
初版日期：2016年9月
初版二刷：2016年9月20日
ISBN：978-986-352-351-2

總 經 銷：成信文化事業股份有限公司
地　址：新北市新店區中正路四維巷二弄2號4樓
電　話：(02)2219-2080

行政院新聞局局版台業字第3595號 營利事業統一編號22759935

定價：280元　　特惠價：199元

國家圖書館出版品預行編目資料

官商鬥法II / 姜遠方 著. -- 初版. -- 臺北市：
風雲時代，2016.01 -- 冊；公分

ISBN 978-986-352-351-2（第14冊；平裝）

857.7　　105006537